夕阑醉

沐斋

上海古籍出版社

沐斋作品集

图书在版编目（CIP）数据

勾阑醉：戏话·戏画／沐斋著. —上海：上海古籍
出版社，2014.3
（沐斋作品集）
ISBN 978-7-5325-5193-4

I.①勾… Ⅱ.①沐… Ⅲ.①昆曲—剧本—中国—选集
②京剧—剧本—中国—选集③绘画 —作品集—中国—
现代 Ⅳ.①I236.53 ②I232 ③J229

中国版本图书馆CIP数据核字（2013）第171728号

沐斋作品集

勾阑醉：戏话·戏画

沐 斋 著

上海世纪出版股份有限公司 出版
上 海 古 籍 出 版 社
（上海瑞金二路272号 邮政编码200020）
（1）网址：www.guji.com.cn
（2）E-mail:guji1@guji.com.cn
（3）易文网网址：www.ewen.cc

上海世纪出版股份有限公司发行中心发行经销
上海丽佳制版印刷有限公司印刷
开本：787×1092 1/16 印张：13.75 插页：2 字数：100，000
2014年3月第1版 2014年3月第1次印刷
印数 1—4,300
ISBN 978-7-5325-5193-4
I·2715 定价：48.00元

如有质量问题，读者可向工厂调换

目　录

昆（雅部）

京（乱部）

序 一

当下情境能泥古——读《勾阑醉》心得

　　文字是随着书写和传播工具的改变向着流俗而去的。如果从书写工具来分，金石简帛出典籍，纸墨笔砚有诗词，到印刷术出现时话本小说就大行其道了。

　　当今键盘时代，笔退位，手稿几乎不见，毛笔书写的意趣只有少数人能享受。整个社会的换笔对文学来说，真是一大关隘。我辈逢此结点当如何？想想也只有该哪样便哪样，唱挽歌没有用，进行曲又唱不动，只有抱残守阙经营自己真实的书写了。前时与家卫导演说到这些，他倒是坦然说："你开的这店也只有卖这样的东西了，好在世界很大，总会有人来买就是了。"听听，不像是一种无奈。我将此语亦赠沐斋。

　　沐斋兄乃我仰慕之士，时而一聚把酒言欢。前年他曾送我一盆兰草，我春夏秋三季放在一棵柿子树下，冬天收回屋内，可惜最终还是没养好……那时我知道，他养了有二百多盆各样品种的兰花，这对一个人来说当是一大工程，每天上水、施肥、应季换盆都是一个要出汗的力气活，沐斋似乎乐此不疲。我以为沐斋养兰绝不仅单纯为画，而将其当作了一种生活方式。沐斋所绘兰花，画到了兰花的实处，品种各异，察之细，画之精，观之每觉有清雅之气源源不竭自画中溢出，令人叹为观止。爱一物爱到亲历亲为、不冤不乐的程度，近代人中也只见过王世襄先生有此境界。吾心向往。

与画兰略实的笔法不同，沐斋的戏画，是想从整部戏的大范围中找到精彩的一瞬，要的是那个最为要紧的神彩，所谓大网一束凭鱼落。看他画的《宝剑记·夜奔》真得是好，林冲大枪一立，飞出一脚，那陆谦小辈已在空中做了一个跌扑状。英雄气不说，看着极有舞台感，甚至连武场的锣鼓家伙都听出来了，这才叫戏画，若戏画看不到戏，那也就算一个剧照的摆拍。

《风云会·送京》一幅，其好在红生的功架全出来了。昆与京有一最大的不同，就是昆是曲牌联缀体，而京是板腔体。曲牌体最迷人处是亦歌亦舞，而板腔体只是要站定了唱，动不起来，真要舞时，必要借昆，红生的吹、拨等都是从昆而来。所以画昆时当以亦歌亦舞为其妙才对，所以沐斋笔下的李诗仙、孙猴子和河东狮吼都飞出了画纸。

沐斋把握了京昆的不同，所以一画出来，便知人家画的不仅在笔墨上下了功夫，在板式上都有研究。笔墨技法不用多说，懂画的自然能看出，《锁麟囊》和《太白醉写》人物水袖那么一甩、《骆驼祥子》车把子那么一挥，都不简单。至于板式，所谓西皮流水的生动流畅、摇板散板的自在洒脱、二黄反二黄的抒情跌宕，在沐斋画中都有表现。戏画除了戏外一定要有音乐的形象，才能看出这画果然是戏画。打一比方，真要唱嘎调时，那种全神贯注、气冲丹田的样子，是无比传神的。

所以特别值得一提的，就是沐斋格外注意表现画中人物的思想感情和性格。虽是写意，却毫不含糊，画里透出一股生气，有情味，这样的画才叫文人画。昆曲画比如《琵琶记》赵五娘的凄楚、《牡丹亭》杜丽娘的娇羞、《烂柯山》崔氏的诮媚、《义侠记》潘金莲的妖娆；京戏画比如《空城计》孔明微闭双目的淡定、《击鼓骂曹》孟德的狡黠、《四郎探母》四郎的焦灼、《四进士》宋士杰的惊讶、《珠帘寨》李克用的自得、

《野猪林》林冲的愤怒……尽在水墨一点阿堵物中。

至于沐斋戏里戏外的文字，不消多言，读者自知之。

此书名为《勾阑醉》，大概醉翁之意不在酒。今年八月，沐斋送我书稿，我九月初读罢，掩卷而叹。沐斋比我年龄小了不少，其心却不为时尚浮华所动而向往高古。家人支持，还在其一；关键是一颗心在高原，前后左右都是远方，那是多么超凡脱俗的事儿啊。

我曾给自己写过一条幅"泥古不化"，想想不配。

当下情境能泥古，不看眼前纷繁的人真是幸福。

邹静之

二〇一三年九月

序　二

莞尔一笑便欣然——观沐斋戏画有感

　　几年前，我到京城讲过一次昆曲。虽知能在山房淡然操琴、怡情养性
的"闲人"定然不是等闲之辈，那时却并不知道其中坐着一位喜欢看戏、擅
画戏画的"小友"——沐斋。后来才知，那次山房雅集于沐斋也是唯一的一
次，刚好遇上了，这便是缘分。

　　近日偶见沐斋的画稿，油然有感。记得我年轻时，与高马得先生有过
一段相处，他看着我演戏，我看着他画画。当时以为这是极稀松平常的经
历，而今回想，却觉很有意思。戏画与剧照不同。剧照记录的是演员在舞台
上的瞬间定格，要的是一个"真"，仿佛一面镜子，照见一招一式、一颦一
笑，从中既能挑挑自己的毛病，也可欣赏欣赏自己的长处。而透过戏画，所
看见的就不只是自己的戏，也看到了同行、看到了画家。对演员来说，戏画
贵在一个"虚"字，就像翅膀，能帮助演员的视野和心绪扶摇而起，想得更
多、看得更远。

　　我读沐斋的画，觉其清淡处有马得先生的风致，重彩处又见关良先生
的韵味，不过关良是关良，马得是马得，沐斋是沐斋。我所见到的沐斋的个

性，在舞动的线条中呼吸与延展，他在团墨挥洒中完成情绪之堆积、化解，也因之让观者见到了戏、见到了他。譬若《点香》中，残杯冷炙伴着一团睡意；《醉写》中，李太白向天抛起的水袖与曳地的衣摆；《泼水》中，女子一头红艳，衬着男人帽上的两根怒翅；《琵琶记》赵五娘那双欲藏又露的弓鞋；《戏叔》里武松一身黑衫、潘金莲遍体娇红……或强烈、或散淡、或泼洒、或精细，让人很自然地联想到戏曲表演中与之相通的轻重、缓急、松紧、浓淡。

于绘画我是个门外人，但昆曲里实有不少与画图紧密关联的戏文，像我演过的《题画》、《拾画叫画》、《观图》……这也算是我的一份"画缘"。常有朋友问我该怎样观剧、怎样评判与欣赏演员；如今面对沐斋的画稿，我也想问问，用"观戏"之法、之感来观画，是否也可得其妙趣？转念再想，趣味各在笔下、场上、心中。有感于心，莞尔一笑，便可欣然。

石小梅

二〇一三年九月

序 三

经年踪迹经年心——戏话沐斋画戏

偶得，是舞台上和生活中再自然不过的缘分，却如此弥足珍贵。

受邀作序可谓"偶得"，起初，我实在是因为惶恐不安，略有托辞。沐斋托友人赠来此书小样，我为这样一位青年后生醉于传统的诚意所动，又见他作品中的《占花魁》、《狮吼记》、《玉簪记·琴挑》、《西厢记·长亭》等，大大小小多是我常演的剧目，亲切感油然而起。《勾阑醉》以戏表画、以画论戏，如此一来，我也就兴之所至，与素未谋面的作者、素未谋面的读者，说说话、谈谈感想。

在很多人看来，昆曲是诗情画意的表演艺术，今日之雅，亦是当时之俗，雅俗之间、雅和俗的辩证统一，值得从艺者深思玩味。沐斋作画行文，情、趣、境兼求，与昆曲表演美学合辙押韵。他的创作，以性情为本位，寓合其不激不偏而又特立鲜明的艺学立场及人格范型，在乎山水之间，在乎风月之间，在乎笔墨之间，有所体悟、有所寄托、有所忘怀，笔锋疏狂不孤傲，颇有晚明士人遗风。

昆曲盛于晚明、盛于士人，几百年沉浮荣辱，它与时代究竟是什么样的关系，当下的我们又该如何看待它？在其载歌载舞的表演特征、精致唯美的审美意趣、至情至性的人文内涵的背后，蕴藏着如何的精神，才能够"不以无人不芳，不为穷困而改节"引人敬慕到今。

我们回溯士人的精神世界，是链接我们内在与自然、与前人、与自己的仪式。生活，需要艺术的仪式，那是平凡中淬炼美好的情怀与信仰。画也好，戏也罢，大道总相如。仪式是路径，是方式，是我们心向往之的"在路上"。沐斋号召"新士人主义"想必基于此，无论他画兰、画戏、画山水，下笔都是一种境界、一种士心。素闻沐斋画兰，有"当代第一"的美誉。在我看来，他的兰，道骨禅心，兰的形、兰的韵、兰的质，画兰亦是他修悟的仪式：入境中去，得态外自然。

"所谓幸福，便是真实与平淡。而收获这貌似简单的幸福，事实上却并不那么简单，这既是一份执着，也是一种顿悟。"偶得书中句，我挺喜欢。这些年月，这些心情，经过、偶然，生活如是，艺术如是。

祝福沐斋，祝福沐斋的《勾阑醉》。

张静娴

二〇一三年九月

昆

（雅部）

琵琶记

选《琵琶记》开篇，并不仅藉它"南戏之祖"的美誉，而更多地是为了我画里的女人——《琵琶记》的主人公赵五娘。在我看来，她代表着中国人的道德和良心，是真正担得起"平凡而伟大"这几个字的。古往今来，中国历史之正文由男人书写，而女人默默书写着背面。

写在背面的内容好多，归纳起来便是一个字：孝。

这个字实在简单，而且"老生常谈"，但却是说来容易做到难。比如《琵琶记》，该剧讲的是：东汉蔡邕进京赶考，留下新婚妻子赵五娘侍奉双亲。恰遇荒年，五娘变卖了身上所有家当奉养公婆，几至衣不蔽体。她自己背地里吃糠充饥，因此还遭致婆婆的猜疑。待真相大白，婆婆痛愧交加，竟撒手人寰，随即公公也辞世。五娘祝发卖葬，罗裙包土，十指筑坟。手绘公婆遗容，身背琵琶，沿路乞讨，千里寻夫，终得团圆。

在《吃糠》一出里，赵五娘唱《孝顺歌》：

糠和米，本是两依倚，谁人簸扬作两处飞？一贱与一贵，好似奴家与夫婿，终无见期。（丈夫，你便是米呵，）米在他方没寻处；（奴家便是糠呵，）怎地把糠来救得人饥馁？好似儿夫出去，怎地教奴供养得公婆甘旨？

其实，吃糠距我们并不遥远，我父母那代人大都吃过糠。在那个特殊的年代，糠麸还算好"食物"，草根、树皮、玉米芯、观音土……比糠更难吃难咽的都得吃，为了活着，这就是现实。

而在舞台上，自有赵五娘的"现实"——自己此时此际的吃糠和丈夫在相府里饱尝山珍海味，对照无比鲜明。米和糠，真境与虚境，实指和意指，在唱词中交叠，好媳妇的复杂心理被刻画得深刻而逼真。

若问，像赵五娘这样的女子，当世能有几个？别说百里挑一，恐怕百万里挑一，我看也难。这并不是因为赵五娘的品德高尚到极致，无法超越，而是因为时代变了，社会结构在变，思维和想法也在变。简言之，人变了，中国的男人不再像过去的男人，中国的女人也不再像过去的女人。过去，在中国的民间，着实有无数个赵五娘——有多少漂泊的商贾、宦游的墨客、戍边的士卒、服役的征夫，就有多少在家中经年累月、任劳任怨的女人。

不管这世道是乱是治，那都是男人集体书写给外面看的"官方文件"，妇女集体书写的"日记家书"，才是历史另一面的真实。男人不易，女人更难。坚定女人们信念、在心底支撑着她们的未必是所谓的"爱情"，而是一种精神上的信仰、道德上的标杆，这个东西被描述成一种作为中国哲学思想最高法则的"道"——孝道。

孝道是传统中国得以社会稳定、历史前行的基石。春秋战国时代诸子立说，百家争鸣，但无论"儒墨道纵横法"，唯有对"孝"的概念毫无争议。儒家宣称孝道乃"天经地义"自不必说，连以严酷著称的法家都特意强调"孝"之重要："臣事君，子事父，妻事夫，三者顺则天下治，三者逆则天下乱。"（《韩非子·忠孝》）说到底，中国社会乃家族或宗亲社会，家庭是最基本的社会单位，"百家姓"家家得以自治自荣，国家天下由是而治而荣。所以《孝经》中说：

夫孝，始于事亲，中于事君，终于立身。

泛言之，"事君"是男人的事，"事亲"是女人的事，"立身"则不论男女，贯其一生。《琵琶记》的作者高则诚想通过塑造"有贞有烈赵贞女，全忠全孝

琵琶记　　34×22.5cm　　2013年

蔡伯喈"，来宣扬"封建道德"，挽救末世之危难。但在《琵琶记》一剧中，我们看到，男主角蔡伯喈的"事亲"、"事君"和"立身"样样做得犹豫不决；相反，赵五娘却以彻头彻尾完美的"事亲"孝举，感动了所有人，同时也在自己人格上实现了"终于立身"，足以为万世楷模。

北宋大儒张载有言："为天地立心，为生民立命，为往圣继绝学，为万世开太平。"这是男人留给男人们的豪言壮语，男人们需要这些，但壮则壮矣，却无关乎一针一缕，一茶一饭。赵五娘什么都未曾言，她只是用她吃糠的口、筑坟的手、千里的足印、弹尽人间风雨的琵琶声声，去真真切切地告诉我们她和她所爱的，以及她所理解的世间的一切。

在赵五娘的一切里，寄寓着中国人人性中所有的美好。这份美好，而今已日渐消散在尘嚣日上的都市房价里，湮没于电视宫廷剧的勾心斗角中。

邯郸梦

　　"邯郸梦"即"黄粱一梦"，出自唐代沈既济的传奇《枕中记》。讲书生卢生于邯郸旅舍遇道士吕翁，生自叹穷困，翁授之以枕。卢生在梦中历经人生富贵荣辱悲欣，及醒来，店主所炊黄粱尚未熟。

　　明代戏曲大家汤显祖据此编成《邯郸记》，即《邯郸梦》，为"临川四梦"之一。《邯郸记》所表达的主题，就是人们常说的"人生如梦"——这四字每个人都会说，关键是说完之后又怎样，是像东坡那般"一樽还酹江月"，还是如卢生随着吕洞宾修道去也？

　　正所谓"闻道神仙不可接，心随湖水共悠悠"，得遇仙人的造化远非谁都能有，瞬间羽化更不是心想即成。所以说，东坡才是常态，接着喝自己的酒，才是真正的人生。

　　那么这梦岂非白做？这话又岂不是白说？这戏又演给谁看？非也非也。且看宋人辑录的"黄粱梦"之原文：

　　卢生欠伸而寤，见方偃于邸中，顾吕翁在傍，主人蒸黄粱尚未熟，触类如故。蹶然而兴曰："岂其梦寐耶？"翁笑谓曰："人世之事，亦犹是矣。"生默然，良久谢曰："夫宠辱之数，得丧之理，生死之情，尽知之矣。此先生所以窒吾欲也，敢不受教！"再拜而去。（《太平广记》卷八十二）

　　吕翁所言无足道，关键是卢生"悟"后之语方见真情，真情只在家常。

卢生一枕黄粱之后惊问："我难道是在做梦？"吕翁笑道："人生如梦！"卢生并未即刻表决心，而是开始"三省吾身"，过了好一会儿才起身拜谢，然后说出一番话，足抵过废语千言："人活一辈子，荣辱得失的道理，爱恨生死之真情，一梦之间我全都明白了。先生的意思，是叫我抑制自己的欲望啊！"

我不知道吕翁的意思究竟是不是这样，但至少卢生的"意思"有意思，极出彩，这才应该是对"人生如梦"四个字最入世、最现实、最具人情的阐释。人生尘世间，吃五谷杂粮，求幸福安康，为追求美好生活而去奋斗拼搏，这些何错之有？更何况，人情冷暖，世态炎凉，个个心知肚明，却还要为名利而挣扎，没有几个人能急流勇退，说遁世便遁世，想出家就出家，为何？不在个人，而在全其家，益其情。上有父母，下有妻儿，亲情、爱情和友情，哪一件容许你置身事外，一心炼丹求神仙？

所以，即便每个人都知道"人生如梦"，每个人也必须身不由己在梦中。唯一需要记住的，就是及时遏止自己的欲望，卢生所谓"窒吾欲也"。这里的"欲"，指私欲，过度的欲望。卢生是个勤奋的书生，对于儒家之经典，自当烂熟于心。他总结出"窒欲"，并非妙想空空。《周易》云："山下有泽，损。君子以惩忿窒欲。"（《易·损》）

"损"卦之卦象是"山下有泽"，即上艮下兑。艮为乾阳，刚武而多忿；兑为坤阴，吝啬而多欲。兑之阴正可损艮之阳，故能"惩忿"；艮为止正阻塞兑之上，故能"窒欲"。引申到修身之道，便如《象辞》所言，君子应当时刻注意自己的言行及心理，做到压制忿怒、抑止欲望。因为谦受益，满招损。与"损"相对应的是"益"，损卦静而退，益卦动而进。当初，孔子读《易》至这两卦时忽发长叹，弟子子夏连忙请问老师缘故，孔子说：

夫自损者益，自益者缺。或欲利之，适足以害之；或欲害之，适足以利之。利害祸福之门，不可不察。吾是以叹也。（《六十四卦经解》卷六）

这段引文见于多处典籍，但也未必真出孔子之口，又全似道家口吻。老

邯郸梦　　40.3×26.3cm　　2013年

子《道德经》中经典的一句："为学日益，为道日损。"不论儒家还是道家，在看待世间万物本质的辩证法和哲学智慧上面常是一致的。所以，常态中生存之人，有儒家的思想、智慧和精神已足够应付各种困境，何须动辄向方外寻求？

看那卢生与吕翁初相见，把盏言欢，也是"言笑殊畅"，足见并非钻牛角尖、执拗贪婪之人。而他的一声叹息，不也是时下我们每个世俗中人固有之叹："使族益茂而家用肥，然后可以言其适。吾志于学而游于艺，自惟当年，朱紫可拾。今已过壮室，犹勤田亩，非困而何？"

卢生所忧虑的首先不是自己，而是他的家人；他的想法也都是"取之有道"的合理要求——如此看来汤显祖对《邯郸梦》的讽刺似不近人情。果真如此？须知，合理性之外还要看人事之可行性和特殊性。汤氏的"梦"皆与其鲜明个性、身世经历及所处时代直接相关，这一切都成为他借此梦批判卢生、提醒世人的理由。万历年间的那片浑水里，绝容不下汤显祖这道清泓。正所谓："天下有道则见，无道则隐。邦有道，贫且贱焉，耻也；邦无道，富且贵焉，耻也。"（《论语·泰伯》）

汤氏隐了，挺好。但他似乎觉得这样还不够，于是编织一个又一个的梦境。在这场黄粱梦里，他决定让自己和卢生一起出逃，逃往蓬莱仙境，哪怕在仙山脚下日日打扫落花都行。但这是他自己幻想的梦，并非卢生的梦。《枕中记》里真实的卢生，最后只是"拜谢而去"，并未随道士去修仙。现实中的卢生其实也正是现实中的汤显祖，归隐就归隐，修什么道去？

若真个去超凡脱俗，结果反倒俗了——倘若《邯郸梦》的结局，让卢生随汤氏的本心而自由地去，岂不比成佛成仙的设计更好？到底着了仙佛的道，还是未能"窒欲"也。所以，此梦只能排第二，终不及《牡丹亭》。

占花魁

　　看惯了才子佳人的典丽浪漫，卖油郎的朴实爱情显得格外真切动人。《占花魁》一戏之可贵便在于此。

　　此戏原见《醒世恒言》之《卖油郎独占花魁》，后由清代李玉改编而成。讲卖油郎秦钟在西湖边偶遇名妓"花魁"王美娘，一见倾倒，心痴神迷。他辛苦一年，攒下十两银子，欲与之相处一夜。不巧却逢美娘酒醉归来，又渴又吐，秦钟殷勤侍候，空坐一宵。半年后，万俟公子将美娘抢至舟中百般凌辱，弃于十锦塘上。天寒地冻，大雪纷飞，美娘僵卧，奄奄一息，幸遇秦钟相救送归家中。"花魁"阅尽风尘，唯觉秦钟可以托身，乃赎身从良，二人结成百年之好。

　　这是一个正合现代人"胃口"的故事，它反映的是"草根英雄"的胜利。表面看来确实如此，从"癞蛤蟆想吃天鹅肉"到最后果然梦想成真，观众跟卖油郎一起体会着胜利的喜悦、深深的鼓舞和切切的感动。但若稍加揣摩，不难发现这出戏讲的并不仅是实现看似遥不可及的"梦想"，也未必是"独占"成功的伟大胜利，而是告诉我们一种做人的本分、生活的现实和人生的平淡。换句话说，它告诉我们何谓幸福。

　　秦钟初见王美娘，想的也不过是如何与她共度一夜；至于美娘，见惯了达官贵客的风尘女子，更不会把一个小小的卖油郎放在眼里心上。如果剧情止步于此，那么秦钟不过是个好色之徒外加败家子，美娘也便是个爱慕虚荣、醉生梦死的名妓罢了。

经过《受吐》、《雪塘》几场的经历后，二人的心理渐渐发生了变化。如果说《受吐》时的美娘对秦钟尚且只是感动、歉意和同情的话，那么《雪塘》之后她对爱情归宿早已下定了决心。她知道那些表面上的光华其实并不属于自己，在所有的"贵客"心底，她不过是个玩物，她原先未尝就没有幻想过有朝一日得逢个"贵客"托身，但那些"高高在上"的人物是绝不会以平等之心对她的，更别提像秦钟那样倾慕珍惜了。

而秦钟虽然一开始时怀揣"非分之想"，但骨子里却是个朴实真诚的人。他倾慕美娘，便不管她的身份，只是单纯的爱恋。《受吐》一折，美娘酒醉而睡，秦钟呆坐在室，他也曾"禁不住心猿意马心头热"，但想到"她是酒醉之人"，岂能趁人之危？却全忘了辛辛苦苦攒了一年的工钱只为这春宵一度，对面的是妓女，而自己是嫖客——在痴情而善良的卖油郎心里，没有这些龌龊，他只是真心的喜欢，像喜欢一朵兰花。

"捱尽了永迢迢长夜，恰又早晓鸡声唱叠"。美娘醒来后问秦钟是干什么的，秦钟口吃着回答"卖油的"；美娘问他如何能来此，他如实答"每日积银三分"。此时的美娘已然暗自惊讶。待知秦钟为她盖被沏茶，并以自己衣袖承其所吐秽物，美娘自然是十分感动，心生好感。她投桃报李，赠他二十两纹银，而秦钟固辞，美娘问秦钟"还会来么"，秦钟忍痛答："幸得相亲一夜，吾愿足矣，岂得他日之想……不来了……"此处生旦对白表情都颇细腻感人，将有情人之别情愁绪刻画得丝丝入微，让观者也一同怅惘无奈。

这时无论美娘，还是秦钟，都在心底轻轻泛起爱之涟漪了。美娘唱出自己的心声："听他言真切，令人长叹嗟。想世间真情都磨灭，他怜香惜玉多周折，我琴心曲意多牵惹。一段幽怀怎写？蓦地回首，翻腾起思绪千叠。"所以此一折，原本作《种缘》，《缀白裘》题为《种情》，都比《受吐》更点题而恰如其分。经过此番播种，才有了后来的开花结果。

秦钟本为色相所迷，美娘本为名利而动。但种种机缘与遭遇，让他们最终直面本心，他们以抛开了伪装和虚幻的心面对芜杂的世界和真实的自己，从而寻得了属于自己的那份幸福。所谓幸福，便是真实和平淡。不真实的人

情向荷生前人逢今世緣詞墨占花魁一折

占花魁　40×32.6cm　2013年

不会快乐,不甘于平淡的人欲壑难填。而收获这貌似简单的幸福,却并不那么简单,这既是一份执着,也是一种顿悟。

《湖楼》一折里秦钟初见美娘而心动,于是发下誓愿,他那曲【江儿水】便是真心人的告白和凡人幸福的座右铭:

情向前生种,人逢今世缘。怎做得伯劳东去撇却西飞燕?叫我思思想想心心念,挤得个成针磨杵休辞倦,看瞬息韶华如电。但愿得一霎风光,不枉却半生之愿!

狮吼记

　　"河东狮吼"的故事人们并不陌生，男主角陈季常蒙各位剧作人的垂青而声名大噪。"妻管严"不可耻也不可怕，可耻可怕的是作为"惧内模范"被无聊文人搬上了戏剧舞台和大小银屏，传唱数百年，"家丑"结结实实地外扬。可怜的季常兄！

　　昆剧《狮吼记》出自明代戏剧家汪廷讷之手，这老汪便也是"无聊文人"中的一位。名虽唤作汪廷讷，人却一点也不"讷"，反倒是能言善道，生性诙谐，与当时名士汤显祖、陈继儒、李贽等均有往来，常相宴乐。同样是辞官隐居的剧作家，汤显祖写"梦"，但梦里梦外尽是现实之写照；汪廷讷写"实"，但那些"实"皆已挖空，休闲小菜，佐酒而已。

　　审《狮吼》剧情，满眼荒诞不经。柳氏认为丈夫陈季常想借好友苏轼之力来压她，盛怒之下便拉他去见官；官员同情季常，欲处罚柳氏，却遭到官太太的痛打；告到土地祠，土地公公同情季常和官员，又遭到土地娘娘的责打……这等"诙谐"已经味同嚼蜡，却还嫌不够，又加上巫婆哄骗柳氏季常变羊，以至于到后来阎王摄柳氏之魂、佛印禅师度她回阳间——结局自然是柳氏痛改前非、夫妇和美团圆的俗套。

　　不是我太正经。如果说有一种审美叫幽默，《狮吼》之幽默，要么"不及"，要么"太过"。遍观此戏，只让人感到兴味索然，拖沓啰嗦。

　　回头说主角。陈季常确是苏轼密友，幸有其相伴，苏轼谪居黄州的光阴才不那么凄冷孤单。东坡传世之尺牍，有很多是写给他的。季常，名慥，东坡称其"隐人"，然而不恭敬地说便是一位纨绔子弟，因为家世殷实，故能隐居穷山。东坡为其作《方山子传》，说他少年时以汉代游侠郭解为偶像，"闾里之侠皆宗之"、"使酒好剑，用财如粪土"。说白了，其实就是一个有侠客梦想的"富二代"，身边聚集了一堆小混混。壮年的陈慥又立志读书，"然终不遇"，于是隐居岐亭。值得注意的是苏轼写到陈慥隐居处的情况：

呼余宿其家，环堵萧然，而妻子奴婢皆有自得之意。（苏轼《方山子传》）

陈季常的住所，"环堵萧然"，是很清苦的景象。而他的妻子和佣人却满不在乎，一脸幸福状。也许苏轼是为了刻意美化强调他的朋友作为隐者高士的身份与境界，但事实当大致不差。这里提到的"妻子"，是否就是传说中的柳氏？若果然，又似与其一贯"狮吼"的性格气质矛盾。

同为宋人的洪迈，在其笔记中特意描述了"河东狮吼"的原典：

陈慥字季常，公弼之子，居于黄州之岐亭，自称龙丘先生，又曰方山子。好宾客，喜畜声妓。然其妻柳氏，绝凶妒。故东坡有诗云："龙丘居士亦可怜，谈空说有夜不眠，忽闻河东狮子吼，拄杖落手心茫然。"河东狮子，指柳氏也。（洪迈《容斋随笔》）

洪迈所写的陈慥，正是隐居岐亭之时，"好宾客，喜畜声妓"，浑不似东坡所描述的情形。文中引用苏诗，却是东坡与朋友所开的玩笑，而玩笑总是有事实作依据的。正如洪迈语"其妻柳氏，绝凶妒"，妒就是妒，不但妒，而且凶，不但又妒又凶，且是"绝凶妒"，"狮吼功"的威力可见一斑矣！

然而，"绝凶妒"的柳氏，不但未曾迎来季常的一纸休书，反常令此仁兄"跪池"，所凭的未必全然是"威力"。她能与家中"环堵萧然"而终生不得志的公子哥长相厮守，不离不弃，且神色间皆是"自得之意"，唯有真爱方能及此境地。

狮吼记　41×41cm　2013年

桃花扇

"访翠"、"眠香"两折，才子佳人一见钟情。侯方域赠李香君折扇一把以为定情信物，题诗曰：

夹道朱楼一径斜，王孙初御富平车。青溪尽是辛夷树，不及东风桃李花。

周围看客便问："俺们不及桃李花罢了，怎的便是辛夷树？"有答曰："辛夷树者，枯木逢春也。"如果说侯方域等"复社四公子"及明末士人群体都是辛夷树的话，李香君等"秦淮八艳"便是东风桃李花，而不论从立场、识见、气节，还是从行为上看，这些"辛夷"果然多不及"桃李"。中华民族之"阴盛阳衰"，自此古已有之矣。

李香君崇高的品格和不屈的性情，在接下来的"却奁"一折中表现得淋漓尽致。当她知道杨文骢为侯方域准备的妆奁乃是奸党阮大铖所办时，立刻责备侯朝宗："官人是何说话，阮大铖趋附权奸，廉耻丧尽；妇人女子，无不唾骂，他人攻之，官人救之，官人自处于何等也？"此番见地已是侯方域所未及。香君随即拔簪脱衣，唱道："脱裙衫，穷不妨。布荆人，名自香！"这又是何样血性，何等骨气！侯方域连连赞誉，称之为"畏友"，二人退了妆奁，让阮大铖的热脸贴了冷屁股，生生吃了碗闭门羹。

既得罪了那些奸党，香君便已超出平凡女子一层境界，事实上成为"复

桃花扇　　42.6×42cm　　2013年

社"中人。于是接下来陆续上演了"拒媒"、"守楼"、"骂筵"等精彩戏段，香君不惜身躯一撞，乃至血溅桃花扇，成就千古美名。香君以生命诠释自己的人格与爱情，告诉人们何谓"布荆人，名自香"。在我看来，这个小女子真似兰花一样。时人余怀在他的《板桥杂记》中这样描写李香君："李香，身躯短小，肤理玉色。慧俊宛转，调笑无双。"这是多么俊俏可爱的女子，更因其性情和品德而宝贵，远胜于庸脂俗粉万倍千分。

余怀又言及自己向李香君赠诗，同游文士魏学濂题诗于壁，杨龙友绘兰石于左，这又正是明末崇尚情欲的清流文人所好为的家常事。其中绘兰石的杨龙友，也便是戏中就着香君的血痕写就一纸桃花扇的杨文骢。所以，《桃花扇》的作者孔尚任在《凡例》中说："朝政得失，文人聚散，皆确考时地，全无假借。至于儿女钟情，宾客解嘲，虽稍有点染，亦非乌有子虚之比。"此话当属实情。

戏曲家吴梅评："用故事最胜者，莫如《桃花扇》；用臆说最胜者，莫如《牡丹亭》。……二书一实一虚，各极其妙。"《牡丹亭》自是极妙，但以思想性而言，当以《桃花扇》更重。

《桃花扇》写黍离之悲，又在一定意义上超越了亡国之痛。结尾处，孔尚任让张道士喝问侯方域与李香君"国、家、君、父"各在哪里，惊醒二人，双双入道。这样的结局，于剧中主人公，自是无限的遗憾；于明代剧作家而言，又似是一种惯行。汤显祖的"临川四梦"，剧中人的结局也无外乎是遁世，或仙或佛，这是现实里作者一种无奈的选择。其背后反映了儒家信仰的危机，其实是儒学立国基础的动摇和儒家精神理想的破灭。

晚明时期，经历了剧烈家国变故和社会动荡的人们，对于"君轻民贵"的感悟更深刻而尖锐了。孔尚任以浓墨重彩之笔着力渲染刻画柳敬亭这样的民间艺人、李香君这样的青楼女子，也正是"民贵"理念的体现。

相应地，伴随着整个儒教体系涣散的，是士人阶层的没落。晚明之后，再无士人。当年的明末"复社四公子"侯方域、方以智、陈贞慧、冒辟疆，身在秦淮河，心系金銮殿，把天下之兴亡仍寄望于朝廷，而其人却不离风月，无怪乎"书生造反，十年不成"。钱谦益与柳如是、冒辟疆与董小宛、侯方域与李香君，只留得风流无数，无关乎社稷风云。倒真不如我行我素的女子，存一柄桃花扇，香满人间。

十五贯

"一出戏救活了一个剧种"——周恩来当年如是说。"一个剧种"指的是昆曲，"一出戏"便是《十五贯》。能同时得到周总理的充分赞誉和肯定，唯此戏享此殊荣。

该戏原本为清代戏剧家朱素臣所作，取材于《醒世恒言》之《十五贯戏言成巧祸》。讲的是无锡屠户尤葫芦借得铜钱十五贯，回家后哄其继女苏戍娟说是她的卖身钱。苏信以为真，深夜逃出家门。地痞娄阿鼠潜入尤家，偷得十五贯铜钱，并杀尤灭口。翌日清晨，邻人发现后报官。与此同时，客商陶复朱伙计熊友兰，带十五贯铜钱往常州办货，途遇戍娟问路，二人结伴同行。恰邻人差役追至，盘查熊所携刚好十五贯，娄阿鼠乘机诬陷，于是二人被押送无锡衙门。

无锡知县凭主观臆断，将苏、熊二人以通奸谋杀罪判作死刑。常州知府、江南巡抚皆轻信原判，草率定案。临刑，由苏州知府况钟监斩。况发现罪证不实，连夜赶往都府求见巡抚周忱，请予缓刑复查。周以三审定案，监斩官无权过问为由，不准所请。况据理力争，并以金印作押相迫。周无奈，限期半月查清，否则上奏题参。

最后，况钟冒着丢官的风险，亲至现场查勘。获得线索后，乔装改扮成算命先生，以智相激，终将真凶娄阿鼠缉拿归案，申苏、熊之冤，使案情大白于天下。

　　单从故事情节本身来说，《十五贯》已堪当美誉与重任。对于此戏，周恩来曾两度发表讲话，所包含信息极为丰富。比如："尽管我们对整个封建的剥削制度是否定的，但他们有些制约的办法也还有可取之处。" 所谓"可取之处"即以况钟击鼓、退印为例，又说："老百姓想见做'官'的是多难啊！我们也需要一套制约的办法。"

　　显然，这些话至今仍有指导意义。试看，巡抚不欲见况钟，况钟便击鼓鸣冤，巡抚就不得不露面。今日，这面"鼓"在哪里？巡抚欲化繁为简，敷衍了事，况钟便掏出官印往他面前一放，再小的官印也象征着至高无上的皇权，那巡抚岂敢收！而今，这颗"印"的份量几何？

　　不论古今，况钟实在是所有为官者的楷模和榜样。宋贤所云"为天地立心，为生民立命"，落到实处其实不过如此，况钟做到了。就算在今天，尽管优秀党员、勤政干部、廉洁公仆比比皆是，要超过况钟的勇气、智慧与正气，恐怕也很难。

　　当然，你可以说那只不过是艺术，是一场戏罢了，戏里戏外，何必当真？但伟大领袖说得好："世界上怕就怕认真二字。"周总理也说：

　　昆曲受过长期的压抑，但是经过艺人们的努力奋斗，使得这株兰花更加芬芳了。……昆曲是江南兰花，粤剧是南国红豆，都应受到重视。

　　把昆曲比作兰花，这是周总理的诗心；呼吁我们重视"兰花"，这是周总理的苦心。想当年，一出戏带动一个剧种的复兴，是自上而下的浩荡；看今朝，一出戏引领一个剧种的风行，是自下而上的春潮。

　　时代在变化，人们的口味在变，口味变化的背后是人心之易。从《十五贯》的正义凛然，到《牡丹亭》的一往情深，戏曲和流行音乐其实并无差别。你说人心在变，倒也不确，变了的或许只是"此心"，而那"天地之心"从来未变，它是兰花的芬芳，香在无心处。

十五贯　　47×42cm　　2013年

单刀会

　　吴冠中先生在世时说过许多"惊世骇俗"的话，最有名的大概是这两句——一句是"笔墨等于零"，一句是"一百个齐白石也抵不上一个鲁迅"。对这两句话，论者历来褒贬不一，这里轮不到我来作结论，但如果让我发表意见，我想说显然前一句是一个真实的谎言，后一句是一个荒谬的真理。

　　只说这个"荒谬的真理"。据我理解，这句话里的齐白石和鲁迅，并不指作为个体的齐白石和鲁迅两位名人本身，而是两个符号，分别代表着有思想的画家和有思想的文学家。——我这两句话其实也是废话，因为倘若没有思想，那么画家也称不上什么画家，顶多是个画匠；文学家也称不上什么文学家，至多是个写手。然而在现实中，没有什么思想却派头很大的画家，以及没有什么思想却架子十足的作家实在太多太滥，所以我也不得不这么说，所以吴冠中先生也不得不那么讲了。

　　至于齐白石当不当得起有思想的画家，即所谓艺术大师，鲁迅当不当得起有思想的作家，即文学大师，另当别论。我这些啰嗦的开场白其实只是想言归正传，单说戏曲里的《单刀会》。

　　《单刀会》讲的自然是大名鼎鼎的关老爷，大家知道，历史中的关羽和小说里的关公存在一些差异。而大众往往愿意以演义为历史的真实，这便是所谓文学和艺术的魅力；但也另有一部分人，喜欢推求历史的真相

关公　　扇面册页之一　　2010年

而不屑于艺术的敷衍，这两类人群代表了截然不同的价值倾向。

试问，哪个更有价值？

演义的描写人们耳熟能详，不必多说，且看正史。《三国志·吴书》里面写"单刀会"这段只是一笔带过：

> 肃住益阳，与羽相拒。肃邀羽相见，各驻兵马百步上，但请将军单刀俱会。

这里说到"单刀会"，大意也只是双方各带随从而已，与艺术里的渲染铺陈不可同日而语。而鲁肃显然占据上风，责备关羽和刘备的无礼，关羽几无招架之功：

> 语未究竟，坐有一人曰："夫土地者，惟德所在耳，何常之有！"肃厉声呵之，辞色甚切。羽操刀起谓曰："此自国家事，是人何知！"目使之去。

这个人在演义和戏曲中便是关羽的随从周仓，可惜周仓不是刘邦的樊哙，鲁肃也不是糊涂的项羽。唯一与"鸿门宴"相似的是结果，关羽趁此机会溜之大吉。历史的记载，固然比小说更可靠，更真实，但真实性只是事物价值的一个方面，这就要看它带给后世观者的精神影响了。倘若那真实让人心变得卑鄙和冷酷，求其实的意义何在？而某些好的艺术作品之价值便在于此，它剥离出最人性化和纯良的思想成分，给人以好的启示和激励，于是百代以来观者赞誉不绝，心生痛快。

以上所论，是说"齐白石"顶得上"鲁迅"。接下来说"齐白石"抵不过"鲁迅"。来看

昆曲《三国志·刀会》中鲁肃历数关羽的是和不是：

> 想君侯熟读《春秋》、《左传》，通练兵书，匡扶社稷，救困扶危，谓之仁也；想君侯待令兄玄德公如骨肉，视曹操如寇仇，谓之义也；君侯辞曹归汉，挂印封金，五关斩将，千里独行，谓之礼也；坐缚于禁，水淹七军，谓之智也。

戏曲里鲁肃这段念白起承转合，排比连珠，不可谓不善。然而却多少有点淆乱史实——关羽水淹七军，俘虏于禁，乃是其一生军事生涯的顶点，随后便是败走麦城，英雄落幕。此时当在公元219年，距215年关羽与鲁肃之相会已隔四年矣。可作者在戏曲里竟然让鲁肃一本正经唱出关羽水淹七军的故事，岂非成了预言？

这里便关涉到艺术创造的尺度问题，所谓过犹不及。剧作者仅是为了凑足唱词里"仁义礼智"齐备，便拈来未来式作现时语，似不可取。艺术固然需要想象和改编，但不能颠倒皂白，迷乱真相。轻则让观者形成对历史的无知，重则使人产生错误的思想观念。艺术创作关乎大道，能不慎乎？

说到底，艺术创作也好，历史发掘也好，关键乃在于对史实和素材的思索，以及在思想基础上的表现力。倘若思想挖掘不深，或观点偏颇，甚至无关乎道义，"鲁迅"是远远赶不上"齐白石"的；倘若洞见深刻，尽显真善，而文字是思想最有力和直接的工具（这是由不同艺术媒介自身性质决定的），显然，"齐白石"当然是不及"鲁迅"的。如此而已。

安天会

　　《安天会》所演即孙猴子大闹天宫之事，改编自名著《西游记》，为京、昆共演剧目，两者皆唱昆腔。

　　民国初年，北昆此戏以郝振基为宗，皮黄则是杨小楼名噪。武生杨小楼学自张淇林而能青出于蓝，猴戏堪称炉火纯青，有"杨猴子"之誉。然而最早演此戏的是王福山，王以"武丑"演之，又传与弟子叶盛章。故而，京剧《安天会》便有武丑、武生两种演法。

　　北昆演此戏，号称"唱死天王累死猴"，颇为繁重。郝振基，北昆大匠，绰号"铁嗓子活猴"。1917年，杨小楼和郝振基都在北京上演《安天会》，俱震惊梨坛。然而剧评者认为郝之演技更高一筹，时评谓："有人评杨小楼之猴子不如他，吾谓小楼之去猴，盖犹是以人装猴，老郝之去猴，则直以猴装人，此所以不可同日语也。"杨、郝皆猴戏巨擘，一个"人学猴"，一个"猴学人"，细微之别，或可一窥。郝氏之戏，人与猴形神俱化，后世称郝振基为"写实派猴戏"之一代宗师。

　　苏昆擅此戏者，为传字辈的汪传钤，汪学自京剧。1927年苏昆《安天会》首演于上海"新世界"，为中型昆腔武戏。然《安天会》剧本初创于晚清时期，原为多折大戏，到后来折子却越演越少，直变作折子戏，到现今只见《偷桃》、《盗丹》等出。全本《闹阙》、《炼丹》、《激猴》等折已佚，唯《缀白裘》集中存有《北饯》一折，写唐将尉迟恭等为玄奘饯

闹天宫　　扇面册页之二　　2010年

行场景，猴子压根儿没出现。

此戏又名《闹天宫》，情节小异而大同。从取名上即可看出，《闹天宫》完全是猴子本位，以突出猴子精神为主，所以删去结尾处悟空被擒的情节而以齐天大圣完胜告终。此段乃后期"猴王"代表人物李少春整理改编，现在多本此演法。相比之下，《安大会》确实是"朝廷"视角，属于"官本位"。此戏名或许是为迎合"老佛爷"意旨，但事实上却是直接取自原著：

> （众仙）向佛前拜献曰："感如来无量法力，收伏妖猴。蒙大天尊设宴呼唤，我等皆来陈谢。请如来将此会立一名，如何？"如来领众神之托曰："今欲立名，可作个'安天大会'。"各仙老异口同声，俱道："好个'安天大会'！ 好个'安天大会'！"（《西游记》第七回《八卦炉中逃大圣，五行山下定心猿》）

世易时移。当代倡导和谐，和谐社会，仍当以"安天"为要。天下太平，大家才有好日子过，"猴子精神"并无用处。所以《闹天宫》可以画着玩，文章的标题还是要重现戏剧的本来面目。

人間不平事惟憑兩手能解 揮棒上宇空俺老孫來也 小沐

俺老孙来也　　70×45cm　　2013年

牡丹亭·游园

癸巳暮春，应浙大人文学院楼含松院长之邀，参加杭州市政府主办的两岸四地文化艺术交流雅集"游园今梦"。作为后学，有幸与王冬龄先生等海内大家同台献艺，挥毫泼墨；而雅集的另一项盛事则是欣赏昆曲艺术家的精彩演出，戏目是当今最"热门"的《牡丹亭》。

经白先勇等先生之推广，《牡丹亭》一曲而红，几令整个昆曲界再度焕然勃兴，今乃大有燎原之势。白先生所为，自有其功，诟病反对者虽亦不少，但"青春版"系列之深入人心早是不争之事实。

经典总是不朽。作为"临川四梦"之首，此戏甫出世，就"家传户诵，几令《西厢》减价"（沈德符）。汤显祖也自认"四梦"之中，"得意处惟在'牡丹'"。忘了曾读哪本古人笔记，记载当时有少女酷爱《牡丹亭》，以至于"弄假成真"，读至情深处竟然郁卒身陨。

"牡丹"之题记云"情不知所起，一往而深。生者可以死，死亦可生"，话虽如此，常人只见"生者可以死"，却未见"死亦可生"。论者每言此戏批判了宋明理学"存天理，灭人欲"的虚伪和冷酷，我却反觉正为此句的注脚。难怪吴祖光先生题《牡丹亭》有语："杜家女训足千古，不许娇儿作昼眠。"——这当然是种善意的幽默，但却揭示出"梦"的另一面。

然而汤显祖之用意，并不在"欲"，只在于"情"——既是儒家

牡丹亭·游园　扇面　2013年

"发乎情止乎礼"的情，同时又是晚明思想解放风潮背景下，崇尚自由精神的"情性"的情。它基于中庸而又突破极致，让个体所有的"不逾矩"的内在情感，毫无保留地倾泻而出，一任天然万古新。因为情真而深切，所以令世代之人感动。

《游园》一折，杜丽娘乍见满目春光，不由得心摇神驰，情思骀荡，如野马，似东风，一泻千里，欲罢不能。于是叹道："不到园林，怎知春色如许！"接唱：

【皂罗袍】原来姹紫嫣红开遍，似这般都付与断井颓垣。良辰美景奈何天，赏心乐事谁家院！朝飞暮卷，云霞翠轩；雨丝风片，烟波画船。锦屏人忒看得这韶光贱！

饰演杜丽娘的沈丰英，其声音和容貌一般的青春无两，醇厚或不及乃师王芳及华文漪、张继青诸前辈，但自有杜丽娘应有的豆蔻之韵。感叹今日之女子，鲜有这"豆蔻之韵"——世面见得多了，眼里尽知"春色如许"，却难觅心中"一往而深"的至情。

牡丹亭·惊梦　　57.5×52.5cm　　2013年

长生殿·弹词

"岐王宅里寻常见，崔九堂前几度闻。正是江南好风景，落花时节又逢君。"杜甫这首《江南逢李龟年》自是千古绝句，寥寥数笔写尽兴废之慨而意味无穷。洪昇写《长生殿·弹词》一折便是受此启发和影响，借老艺人李龟年之口，悲唱一曲末代挽歌。

开场老生上来自报家门，概述安史之乱情状及个人遭逢，叹"当年天上清歌，今日沿门鼓板"，然后唱：

【一枝花】不提防余年值乱离，逼拶得歧路遭穷败。受奔波风尘颜面黑，叹凋残霜雪鬓须白。今日个流落天涯，只留得琵琶在！揣羞脸，上长街，又过短街。哪里是高渐离击筑悲歌？倒做了伍子胥吹箫也那乞丐！

曾经的宫廷乐师、唐明皇身边的红人李龟年，自叹如今沦为沿街卖唱的乞丐，别说比不得昔日慷慨击筑的高渐离，便是英雄末路吹箫乞食的伍子胥，也非眼下可比。

《弹词》是老生名段，全曲悲壮苍凉，动人心弦。这一曲"一枝花"下面的"六转"，因为唱词中都有"不提防"三字而传响民间，当时就有"家家'收拾起'，户户'不提防'"之语，指的便是《千忠戮·惨睹》和此戏。

唱不尽兴亡

梦幻弹

抵多少凄凉满眼

对江山

不尽悲伤感叹

长生殿·弹词　　33.5×33cm　　2013年

"六转"一段尤其精彩。李龟年在鹫峰寺大会上为众人弹唱"天宝遗事",如泣如诉,听者无不震撼,悲从中来。这段唱频繁使用叠音词,造成听者心中一种紧张急促之感,很好地呈现出离乱之际纷攘无序的混乱场面:

【六转】恰正好喜孜孜霓裳歌舞,不提防扑通通渔阳战鼓。划地里慌慌急急、纷纷乱乱奏边书,送得个九重内心惶惧。早则见惊惊恐恐、仓仓猝猝、挨挨挤挤、恍恍惚惚出延秋西路,携着个娇娇滴滴贵妃同去。又则见密密匝匝的兵,重重叠叠的卒,闹闹吵吵、轰轰烈烈四下喧呼,生逼散恩恩爱爱、疼疼热热帝王夫妇。霎时间,画就一幅惨惨凄凄绝代佳人绝命图!

"唱不尽兴亡梦幻,弹不尽悲伤感叹,抵多少凄凉满眼对江山。"垂暮之年的老艺人自心底发出的这乱世悲吟,不只为己身,也为流离失所的天下苍生。闻之至今使人兴叹。

义侠记·戏叔

我画昆曲《义侠记·戏叔》，友人戏评："金莲不够妖媚，二郎过于凶恶。"

金莲浪荡妖媚，二郎正义凛然——此人心之所议，却未必写在脸上。我读大学时，高年级有一"院花"，长得冰清玉洁，活生生童话里的白雪公主。近者却皆知其人城府颇深，谓伊水性杨花似嫌过之，但每弄异性于股掌之间，必达其目的乃后已。相反，有的人面貌丑陋，却心地善良；有的人魁梧壮硕，却细致温存。人不可貌相，知人知面不知心，此之谓也。

当然，相由心生，人"面"合一的情况也同样比比皆是。终归是真的假不了，假的难成真。然而混淆真伪、颠倒心相正成为当世人心之恶疾。现代人思路开放无际，喜欢翻案，好作怪论奇谈，以为不同凡响。所以，人们开始同情潘金莲了，武松显得不解风情了，各地政府争抢起西门庆的故里了，武大那种窝囊废不但可以忽略不计，而且早该自绝于人民了。

传统成为时尚的靶子，艺术价值观让位于"开放的文本"，是为"多元化"。

所以，戏剧终不能契合时人口味，并非其节奏太慢，而是它所表达的思想与情感刻板而过时，不够开放和多元。红氍毹上，无论是小金宝饰演的潘金莲，还是朱传茗饰演的潘金莲，无非是扮相、唱腔和做派稍有不同而已，潘金莲始终是那个被视作"反面角色"的潘金莲。可到了银幕前、荧屏里，影视剧里的潘金莲真是个个青春曼妙，惹人怜爱，观众心疼无已时，此恨绵绵无绝期。

金莲固然有值得同情的一面，孔子尚且号称未曾见过"好德如好色"之人，谁个不想满眼里郎才女貌，金童玉女！可她勾引自己的小叔子则不但千错万错，且真是岂有此理。那武松纵然识得风情美貌，又焉能与嫂子苟且？此其一。其二，纵得西门大官人倾心，央求武大写就一纸休书罢了，如此只落得个负心之恶名，总不至于沦为毒妇，心生歹意，谋杀亲夫，走上不归之途。

毒妇罪不能免，荡妇又岂能轻饶？试看，那金莲百般"戏叔"未遂，不禁欲火难浇，搭肩递盏，投怀送抱。二郎怒火中烧，大喝声"呀吓"，便唱道：

（生）【扑灯蛾】我怪伊忒丧心，怪伊忒丧心，羞耻全不怕！有眼睁开看，把武二特地详察也！

（贴）啐！啐！

（生）走来！我是含牙戴发顶天立地丈夫家，怎肯做败伦伤化？

"丧心"二字，正是一语中的。人既已丧心，还有什么事情做不出来？后面的结局也就在情理之中，可想而知了。金莲的人生固然是极大的悲剧和不幸，武大又何尝不是？为金莲翻案之流，虽未必丧心，已可见必是传统道德意识淡漠，不知何为"败伦伤化"者也。

戏叔　　扇面　　2013年

烂柯山·泼水

昆剧"烂柯山"告诉我们一句话："贫贱夫妻百事哀。"

儿时看村里野台子唱戏，印象最深的便是这出"马前泼水"。全戏的高潮处，台上一身红袍头戴乌纱的朱买臣和一身黑衫褴褛不堪的前妻崔氏，色彩形成鲜明的对比。朱老爷喝令手下差役将一盆水往地上泼去，曾经盛气凌人的崔氏女手忙脚乱仪态全失，怎奈恩断情绝，覆水难收。台下看客心下大快，鼓掌喝彩，对"嫌贫爱富"的正义声讨以羞愧难当的崔氏投水自尽而告终。

朱买臣及其妻历史上实有其人，《烂柯山》的剧情也是据史实敷衍而来，然而最经典的"泼水"一节却全是编剧人的臆造。历史的真实如何？《汉书》载：

> 会稽闻太守且至，发民除道，县吏并送迎，车百余乘。入吴界，见其故妻、妻夫治道。买臣驻车，呼令后车载其夫妻，到太守舍，置园中，给食之。居一月，妻自经死，买臣乞其夫钱，令葬。

昔日打柴凑活的穷书生如今衣锦还乡，士民夹道欢迎。人群中，太守朱买臣一眼看到了前妻的身影，于是命人将她及其夫接到车中，在官府别墅颐养。这就与戏中人的表现截然不同。论器局，戏中的朱买臣与历史

泼水　扇面　2013年

上的朱买臣不可同日而语；而历史上的朱妻与戏剧里的崔氏也自是不同。

《烂柯山·北樵》一折，讲朱买臣有两位意气相投的挚友常与他一起喝酒，终日同游，一个是渔翁王安道，一个是樵夫杨孝先，这两个当然是杜撰的人物。而史实中，陪伴买臣进山砍柴的却正是他的妻子，《汉书》写朱买臣：

> 家贫，好读书，不治产业。常艾薪樵，卖以给食，担束薪，行且诵书。其妻亦负戴相随，数止买臣毋歌讴道中。买臣愈益疾歌，妻羞之，求去。

朱买臣是个高士，他在山中砍柴，眼光和怀抱却在山外。所以他打柴读书，还要一边担柴走路一边放声吟咏，这就在常人理解之外了。由此观之，朱妻所不忍的不是买臣的砍柴，不是清贫的生活，而是在她看来近乎"恬不知耻"的那份"穷欢乐"。——而这种"穷欢乐"恰是儒家所盛赞的君子之风。孔门高徒颜回生活穷困，然"人不堪其忧，回也不改其乐"，汉代朱买臣所仿效的，正是这"贫而乐道"的儒家人格。

> 子贡曰："贫而无谄，富而无骄，何如？"
> 子曰："可也。未若贫而乐，富而好礼者也。"（《论语·学而》）

孔子告诫弟子子贡，君子修身的最高境界是"贫而乐，富而好礼"。朱买臣做到了，但他的妻子绝难做到——又何须做到？谁会强求封建时代一个普通的妇女去做遥不可及的君子呢？做君子是男人的事，男人尚且没有几个能做到，遑论古时的女子？纵然是现代的女性又如何！

朱买臣妻与君子高风无涉，但也绝非趋炎附势、见利忘义之徒。她没有那么高雅、高尚和高瞻远瞩，她只是个平凡的俗人。

红梨记·亭会

　　《红梨记》放在今天，就是一部青春偶像剧。虽然是妓女与书生的爱情，却纯纯动人，在月色梨花的背景下，显出一派优雅别致的小清新。

　　此剧为明代徐复祚所作的传奇。写北宋寒士赵汝州与官妓谢素秋的情事，赵、谢虽未谋面，却互相久慕其名。时金军入侵，汴京大乱，赵汝州避难于故人雍丘县令钱济之园中。而素秋也先此逃难雍丘，为钱济之收留。经钱安排，二人于西园月色下相遇，互通心曲，郎情妾意愈浓。后济之见汝州贪恋安逸，无心功名，遂设计让花婆与言素秋乃女鬼化身，赵汝州惊惧之下离开钱府赴试，一举夺魁。授官赴任途中，汝州特至雍丘拜谢老友，济之设宴，宴席桌上赫然插有红梨花一枝——此花正是当时赵、谢二人定情之物。这时素秋出现，赵正惊恐，花婆出面道破玄机。汝州始知一片故人心，亦知爱人真意也。

　　《亭会》为其中经典一折。谢素秋久慕才子赵汝州，却按钱济之所嘱，假托为太守之女，夜至汝州所住园内亭中，吟诗相撩。汝州闻声寻觅，见一绝色佳人，月色朦胧下，恍若天仙。汝州一见倾心，先是"虚伪"地参拜"神仙姐姐"，当素秋追问他姓名，便开始油腔滑调，这份扯皮的本事绝不亚于当代时尚文艺小青年：

　　　　（生）我是狂粉蝶、浪雏莺，三春独掌花权柄，独掌花权柄！

　　要认为古人老实，缺少幽默和浪漫，那绝对是无知。套用书法家赵孟頫的话说，就是"形象因时相传，人性千古不变"。现代人谈情说爱的里面也有榆木疙瘩，古代人眉来眼去之际那也是秋波流转。

　　翌日里，素秋手持红梨花一枝，与汝州诗情画意，心曲款款，暗定终身。素秋所咏的《梨花诗》也甚雅致，为情戏平添美好：

　　本分天然白雪香，谁知今日换浓妆。秋千院落溶溶月，羞睹红脂睡海棠。

　　综观此剧，让人心生愉悦。该戏的喜剧色彩很浓郁，素秋从始至终都知汝州，而汝州直到结局才知伴侣正是心中情人谢素秋。一个神秘又窃喜，一个懵懂又惊喜，这种恋爱的感觉于双方而言都是何其美妙！现代人，一切太直白，却欠了红梨花上的三分月色。

红梨记　扇面　2013年

西厢记·长亭

"长亭"、"送别"两出相接，为《西厢记》通篇情感的一个高潮。

碧云天，黄花地，西风紧，北雁南飞。晓来谁染霜林醉？总是离人泪。

王实甫此曲模仿范仲淹的《苏幕遮》，着力渲染出张生和崔莺莺二人分离时刻的环境、背景和氛围。天地、西风、归雁、霜林，这是长亭周边的景象，更是情人心底的愁绪，暮秋时节，离人难将息。"多情自古伤离别，更那堪、冷落清秋节"，昨夜的锦幄初温尚在，今朝便即劳燕分飞。此情此景，谁人年少时不曾经历？惟当那些青春旧梦老去，风华流逝，追忆陈年，徒自悲嗟。

"淋漓襟袖啼红泪，比司马青衫更湿。伯劳东去燕西飞，未登程先问归期。虽然眼底人千里，且尽生前酒一杯。未饮心先醉，眼中流血，心内成灰。"

"长亭"之后，虽然留给张、崔一对有情人日以永夜的相思、怅惘、企盼和叹息，但好在相逢可待，团圆可期，张珙金榜题名，二人洞房花烛，好事近矣。接下来便是"永老无别离，万古常完聚，愿普天下有情的都成了眷属"。

西湖月老祠集此语成联曰："愿天下有情人都成了眷属，是前生注定事莫错过姻缘。"是真情语，言辞也切，读之却让人黯然神伤。因为明知道凡事皆有因果，凡人都要经历错过，偏偏相遇无知，擦肩有情，待一切烟消云散

西厢记·长亭　　扇面　　2013年

尽，后会更无期。

从结局来看，《西厢》虽不改"大团圆"式的喜剧收尾，却不使人感到落入俗套，反觉如嚼橄榄，余味犹存。似乎如此一来，前面那些百转千回、惆怅万种才不负真心相约，每个人在现实中无法完成的梦就交给莺莺和张生来实现。成人之美，以悦吾心，不亦快哉？

作为中国戏剧史上最伟大的作品，《西厢记》以通篇不懈的文采、精练迂回的结构、曲折跌宕的情节、神完气足的人物刻绘，树立起古典文艺作品的一座丰碑。《桃花扇》多真而少情，《牡丹亭》多情而少意，《长生殿》多意而少真，真、意、情兼备者，唯《西厢记》而已。

宝剑记·夜奔

　　明代李开先作《宝剑记》，主人公是豹子头林冲，虽取材于《水浒传》，故事情节却颇有不同。概而言之，人们熟悉的《水浒》中的林冲，以悲剧开始，又以悲剧告终。《宝剑记》则让这位末路英雄历经沧桑磨难后，终得雪刃仇人，夫妻团圆。

　　尽管如此，林冲的悲剧命运和文本的悲剧精神并未因此而打了折扣。"宝剑"是英雄所佩之物，祸由此起，快意也由此出。在某种意义上说，宝剑就是林冲，也就是剧作家李开先自己，是作者面对令人窒息的现实的呐喊，是其心声和写照。这种悲情，主要体现在其中最经典的《夜奔》一折上面。

　　"夜奔"的场景，发生在火烧草料场之后。林冲将陆谦等人杀死，负剑逃奔梁山，途中百感交集，内心矛盾彷徨。所以这出戏主要通过悲壮沉郁的"唱"和逼真细致的"做"，刻画穷途英雄心灵深处的末日挽歌。在像林冲这样深具"士"之气质和情怀的习武之人心里，儒家的"忠孝"与"仁义"必然占据道德观念和人生思想的全部。出逃等于背叛，背叛便是不忠，可这天底下偏偏容不得他的"忠"！庙堂之上，那些个不想"忠"的官高位显，草莽之中，似这般丹心一片的却落个不忠的罪名。

　　与《水浒》不同，"夜奔"的林冲着黑箭衣，腰挂宝剑，以老生或武生应工。整个表演中，"做"占了相当的比例，正是通过这些细致入微的动作，展现其内心的苦痛凄凉。天上没有下雪，大概也没有风，只有无边无际的黑暗。

在这没有光亮的夜色中，留下一个人的独啸：

按龙泉血泪洒征袍，恨天涯一身流落。专心投水浒，回首望天朝。急走忙逃，顾不得忠和孝。

实指望封侯万里班超，到如今，生逼做叛国红巾，做了背主黄巢！

望家乡，去路遥，想爹妻，将谁靠？俺这里吉凶未卜知，他那里生死应难料。

呀，又听见乌鸦阵阵起松梢，数声残角断渔樵。忙投村店伴寂寥，想亲帏梦杳，想亲帏梦杳，这的是风吹雨打度良宵！

宝剑记　　70.5×47cm　　2012年

风云会·送京

灯下捉笔绘《送京》，红脸一抹，绿衣一刷，棍子一横，靴儿一挂，三下五除二画了个大概，随手拿手机拍照发到"微信"和"微博"，让大家猜猜看我画的是谁——结果那些不懂戏的同志们有说关羽的，有说项羽的，无论如何也没想到会是赵匡胤哥哥。

讲的是年轻时代的赵匡胤，某日途经清游观，闻古刹内有女子啼哭，得见京娘被贼寇劫持，于是挺身相救，不计路遥，千里送其归家。为避男女之嫌，恰又同姓赵，遂兄妹相称。后贼人追至，为匡胤杀死。京娘感念，愿以身相许，匡胤不允。将京娘平安送达，绝尘而去。

此乃微时之宋太祖，青春意气，侠肝义胆，又有武艺在身，所以这出戏的赵匡胤开红脸，以净角扮演，为南方昆班"七红"之一。一懂戏的朋友建议我说，画《送京》里的赵匡胤，要浓墨重彩，尤其脸部勾描要精，双眼要画得炯炯有神，方显这类大武净之神采。我笑言称谢，心内却早自有主张。越是豪迈大气的角色，越须脱略形迹，去质存神。所以，反倒应以大写意笔法，挥运乃出，五官皆可忽略，留其气象即可，如此始能有"大人物"的气场。

这出戏原本于《警世通言》之《宋太祖千里送京娘》，但本事描写的赵氏却不能当英雄看待。书里写赵匡胤送京娘归家，其父设宴款待，席间表意："小女余生，皆出恩人所赐，老汉阖门感德，无以为报。幸小女

千里送京娘　　53×49.5cm　　2012年

尚未许人，意欲献与恩人为箕帚之妾，伏乞勿拒。"这番话讲得可谓真情婉转，情理兼顾。天知道那小赵不知何故"一盆烈火，从头掇起"，且出口不逊："老匹夫！俺为义气而来，反把此言来污辱我。俺若贪女色时，路上也就成亲了，何必千里相送？你这般不识好歹的，枉费俺一片热心。"言讫跨马飞去，吓得赵公夫妇战战兢兢。至于京娘，经此哗变，颜面无存，心灰意冷，便于深夜里自缢身亡了。

这则故事编得实在太"狗血"，让人心寒。依编这种故事的人的想法看来，能发动"陈桥兵变"夺得帝位的人，一定是个野心家和投机主义者，怎么可能做出"千里送京娘"这样的义举，传为佳话美谈？所以一定要做点文章，搞臭他！这就叫流氓不可怕，就怕流氓有文化。

倘若以常人视角计较，赵匡胤或许当不起"真善美"的化身。但他并非常人，就他所从事的特殊职业而言，在那一堆儿里，宋太祖绝对是一个好人，一个有情义的人，一个值得钦佩和纪念的人。那些爱编故事搬弄是非的流氓文人往往欺软怕硬，你叫他编编坏蛋皇帝朱温试试，朱温的刀往丫脖子上一架，他屁都不敢放一声。

牧羊记·望乡

童年时，姥姥为我吟唱的那些民国歌曲的旋律，时常会在我脑海响起。其中的一首便是《苏武牧羊》："苏武留胡节不辱，雪地又冰天，穷愁十九年。渴饮雪，饥吞毡，牧羊北海边……"

苏武牧羊事乃信史，《汉书》、《资治通鉴》等俱载，早在宋金元时期，便被搬上戏剧舞台。南戏《牧羊记》，传为马致远所作；元杂剧有《持汉节苏武还乡》；明传奇有《雁书记》等。昆曲《牧羊记》有《望乡》、《小逼》、《大逼》、《牧羊》、《遣妓》等数折，昔日昆班"传字辈"能演之；京剧《苏武牧羊》则为王瑶卿所编，情节基本符合史实，马连良最擅此戏。

此戏演汉武帝派中郎将苏武出使匈奴议和，匈奴王识才，欲留之，命汉降臣卫律去说降，被苏武骂走。匈奴王亲自劝降，苏武仍宁死不从。匈奴遂扣押苏武，将之放逐北海牧羊，称待公羊生乳方可归汉。

武帝遣李陵击匈奴接苏武回朝，陵浴血奋战，寡不敌众被擒而降，武帝灭其族。匈奴招李陵为驸马，又命其前往说服苏武。苏李二人异乡重逢，处境却是今非昔比。苏武登望乡台遥望长安表达忠孝之情。此折即《望乡》，生扮苏武上：

凝望眼，极目关山遥远。思想君亲肠寸断，怎消忠孝怨？回首羝羊散乱，与两个野人为伴。试把节旄来一看，表我君亲面。

李陵见其诚，知劝之无果，羞愧而退。李的遭遇令人痛惜同情。同为抗击匈奴之名将，其祖李广亦已命运多舛，今日之李陵更是有家难回。他有良心在，不似降奴卫律，所以能愧而喟叹。戏中也不曾对之过于挖苦苛责，也是作者存心。而苏武自然值得景仰称颂，《资治通鉴》写：

苏武既徙北海上，廪食不至，掘野鼠，去草实而食之。杖汉节牧羊，卧起操持，节旄尽落。

比李陵幸运的是，苏武最后终于荣归故国。汉使见单于，诈言汉帝猎得大雁，见苏武信，特来索其还。匈奴王无奈，只得释武，唯不许携带妻子。武妻胡阿云，虽因单于所施"美人计"而来，却始终敬武，对其夫丹心一片。此时此际为全其节，遂自刎而死。

苏武回来了，怀抱着一杆光秃的节杖。节旄脱尽了，脱不尽的是那十九年饮雪吞毡的岁月。在苏武的心中，那些火红的节旄依然在风雪中如烈焰般飞舞着，那是一个人最不可磨灭的精神、最坚定的信念和最隐忍的坚持。

苏武牧羊　　69.5×44cm　　2013年

天下乐·嫁妹

钟馗的传说在民间流传甚广而深入民心。戏剧舞台上，明杂剧《庆丰年五鬼闹钟馗》和清代张大复之《天下乐》传奇，均演其事。

《天下乐》之《嫁妹》一折颇具喜庆气氛，为昆曲经典戏，京剧《钟馗嫁妹》即从昆曲而来。主角钟馗有生前身后两个不同的身份。生前，作为终南山秀士的钟馗，虽然德才兼备，却因面貌丑陋而殿试被黜，于是愤而自杀，这其实是对社会不公现实的讽刺与批判；身后，玉帝悯其正直无私，封他为驱邪斩祟将军，领鬼兵三千，专管人间祟鬼，剧情于是转悲为喜。

《嫁妹》里的钟馗由净、武生双抱，且绘夸张的脸谱，与平日所见之钟进士画像不同。此折演钟馗因为生前将妹妹许配给知己杜平，遂于成神后践行前约，亲率众鬼携带嫁妆，灯旗招展，载歌载舞送妹与之完婚。

钟馗的身世经历虽可悲，人们观戏却并不觉悲；大鬼小鬼虽然可怖，人们视之却毫不觉惧。此戏的主要人物都是"丑"的，但观众乐于接受这种"丑"，且乐于在怪诞、热烈而喜庆气氛中完成对此剧的欣赏，看那些鬼怪唯感可亲可喜可爱，这正是艺术的魅力。

而这"以丑为美"的魅力乃基于情感之真、心灵之善和人性之美，若抛除这三者，便称不上"以丑为美"，只能是丑而已——今日之"丑"何其多！

天下乐·钟馗嫁妹　137×69cm　2013年

玉簪记·琴挑

《玉簪记》写女道士陈妙常与书生潘必正的爱情故事，《琴挑》一出最富诗意。潘生寄居女贞观攻读待试，观中道姑妙常青春貌美。一个月明风清的良夜，潘生偶听妙常抚琴，遂以琴挑之，妙常假愠，实则二人互诉衷曲，由此结心。

元明杂剧有《张于湖误宿女贞观》一出，记词人张孝祥轶事。而《古今女史》则载："宋女贞观尼陈妙常年二十余，姿色出群，诗文俊雅，工音律。张于湖授临江令，宿女贞观，见妙常，以词挑之，妙常亦以词为拒（词载《名媛玑囊》）。后与于湖故人潘法成私通情洽，潘密告于湖，以计断为夫妇。"这应该就是《琴挑》情节之由来。

然"琴挑"之故事原型，自然还是卓文君与司马相如。相如家徒四壁，一贫如洗，然才华闻名于世，时为临邛县令座上贵宾。临邛富翁卓王孙宴请县令及司马相如，相如遂奏《凤求凰》一曲挑卓之女文君：

是时，卓王孙有女文君新寡，好音，故相如缪与令相重而以琴心挑之。（《汉书·司马相如传》）

《琴挑》的故事得感于此，情节则大类《西厢》，只不过场景变成道观，人物惟余男女二人，文辞优美的曲词更令剧情生辉。潘必正出场：

琴挑　　44.5×48cm　　2010年

（唱）【懒画眉】月明云淡露华浓，欹枕愁听四壁蛩。伤秋宋玉赋西风，落叶惊残梦。（白）小生对此溶溶夜月，悄悄闲庭。背井离乡，孤衾独枕，好生愁闷！不免到白云楼下，闲步一回，多少是好？（唱）闲步芳尘数落红。

此时妙常携琴上：

（唱）【前腔】粉墙花影自重重，帘卷残荷水殿风。抱琴弹向月明中，香袅金猊动。（白）妙常连日冗冗俗事，未曾整理冰弦。今夜月明如水，不免弹《潇湘水云》一曲，少寄幽情则个。（唱）人在蓬莱第几宫？

随后，必正弹"无妻之曲"《雉朝飞》，妙常抚《广寒游》聊诉孤寂，二人言语无多，然而琴曲恰是最好的对答，一番交流作罢，早已是心有所归。

潘、陈的恋情是浪漫而奇特的，一如文君与相如、张生与莺莺。但若冠之以"冲破封建枷锁"、"追求爱情自由"等字眼和头衔，不免令人倒胃，这是拿今人的眼光和心理为标准去判决古人，不足取。

《玉簪记》作者高濂，为明代万历年间才士。据称其平生博见多识，"积书充栋，类聚门分"，这一点由其所撰的养生名著《遵生八笺》即可见一斑。高濂一生的活动年代约比汤显祖稍早。晚明时代正是中国经历着巨大的社会和文化变迁的时期，彼时市民社会开始形成，城市文化活跃而成熟，不同阶级之间的互动频繁，雅俗文化的界限和标准也变得模棱两可。在这样的历史背景下，诞生如《牡丹亭》、《玉簪记》这类的传奇就不足为奇了。

在今人看来，这些昆曲实在是很"雅"的，但放在当时，便也是一种"俗"，正是聊以消遣的文士迎合市民审美心理的产物。但纵然"俗"，也远比后世的城市文化包括戏曲、歌曲优雅得多，这个道理就很难概说了。

然而，饱学之士的高濂所创作的《玉簪记》却也有白璧微瑕，最主要的便是陈妙常的身份问题。妙常居道观，戏台上也是一身道姑打扮，但在戏文里，却每自称"尼"，回目有《投庵》，对话里又言及"三宝"，一派的佛家气象。晚明时期虽然儒释道互通糅合，且比以往更为深入透彻，但毕竟不至于宗门不分的地步。唯一的注解勉强可以认为是，舞台上道姑的打扮或许可以允许更为"青春美貌"，有别于比丘尼。

雷峰塔·游湖

开场，艄公荡桨，许仙持伞唱曰：

雨丝风片，逗春寒衣袖生凉。

"雨丝风片"一词，初见于汤显祖的《牡丹亭·惊梦》："朝飞暮卷，云霞翠轩；雨丝风片，烟波画船。"比汤显祖稍晚的卓人月《秦淮竹枝》也用此语，颇精妙："雨丝风片有时有，云黛烟鬟无日无。"再晚些时的清初王士禛有名篇《秦淮杂诗》，更得化境："年来肠断秣陵舟，梦绕秦淮水上楼。十日雨丝风片里，浓春烟景似残秋。"

无边丝雨，片片清风，从南京的秦淮河畔直到杭州的西子湖边，这是经典的江南好风景。由自然之景，转入戏曲舞台中，演绎出多少凄美的故事，浪漫的情愁。历史也好，神话也罢，就在这"雨丝风片"的轻描淡写中徐徐展开，一唱几百年。

白娘子和许仙的爱情，如果没有如诗如画的西湖作背景，没有两人初相识的那些"雨丝风片"，浪漫的色彩定然逊了三分。倘若故事的背景是东北，人们只能联想起北风烟雪，大豆高粱，白娘子传奇就成了乡村爱情故事。所以在戏曲的唱词上，诗意一定要做足，才不枉江南的风致和人妖恋的绚烂。

游湖　　47×47cm　　2010年

苏轼描写西湖的名句尽人皆知："水光潋滟晴方好，山色空濛雨亦奇。"两句诗涵盖了西湖之美，有晴湖，有雨湖，白娘子和许仙是相遇于雨湖之上。雨湖的另一番景象也可以借苏轼诗来说，就是"黑云翻墨未遮山，白雨跳珠乱入船"。由晴而雨，由"水光潋滟"到"翻墨"、"跳珠"，其实也就暗示了剧中主人公的爱情命运之起落分合。

虎囊弹・醉打山门

相比《太白醉写》中诗仙的"文醉"，《醉打山门》里花和尚的醉酒真的是"武醉"了。

"文醉"和"武醉"都不好惹。太白是"酒渴思吞海，诗狂欲上天"，耍得高力士团团转，杨贵妃和宫女花枝颤；鲁智深更不得了，小酒保吓破了胆，哼哈二将倒一边，十八罗汉任他仿，庙里和尚哭苍天。

戏文说智深是"菩提树上把猛虎拴"，作为《水浒传》里的主要人物，花和尚不仅个性鲜明，武艺超群，品格也最高。对比其他好汉的"逼上梁山"，多出于私，唯有鲁达，一生所行，全为陌路之遇，萍水之逢，两个拳头，一条禅杖，打开生死路，杀尽不平人。所以才能功德圆满，得大解脱。哪怕他做出过"醉打山门"这等"混账事"，人们也不去责怪，就连智真长老都颇为"纵容"，只因智真其实早将他看晓，他晓得智深的不羁是一种毫无挂碍，看似荒唐鲁莽的表象下，是一颗赤诚炽热却又平淡天然的心。

戏中的智深软磨硬泡逼小酒贩卖他酒吃，小酒贩久受长老恩泽，也是个执拗人，自然不允。两人唇舌相战，你来我往，诙谐有趣。

（净）他只道草根木叶味偏佳，全不想那济癫僧，他的酒肉可也全不怕。弥勒佛米汁贪非诈。

（丑）个个济癫僧是金身罗汉，唔啰里学得渠来？

（净）偏要学他。

　　鲁智深搬出济公来说事也毫无用处，那酒保正是认死理的俗子之心，信念至诚则已，却未得真味。这也正是信徒大众的想法——人家济公是罗汉转世，你怎么可比？殊不知正有了别念，不悟禅宗"即心是佛"之旨。花和尚倒也毫不管这套，只孩子般搪塞一句"偏要学他"，何其可爱！到最后，软的不行，只好动粗。花和尚豪情大发，夺过酒桶来，一饮而尽，唬得那小酒保欲哭无泪。

　　在舞台上，花和尚那一套屈身、抬腿、旋转的动作难度极大，表演起来精彩纷呈，令人拍案叫绝。我画这出戏，也用大写意，以显智深豪迈本色，但又不能失于神色之精微，知者自哂之。

醉打山门　49.2×37cm　2013年

惊鸿记·太白醉写

　　昆曲的《太白醉写》，重在做戏和念白，从始至终李学士基本没有开唱——不唱才是好处，一折戏好比一张纸，太白的吟哦、嬉笑、眼神和动作，如同搦管直下、奋笔疾书的无数线条与墨痕，纵横于醉里乾坤，写尽了浩荡疏狂。

　　当年俞振飞的表演精入骨髓，活生生的谪仙人被演得神采飞扬，如在目前。我们知道人都是有气场的，越是有分量的人物，他的气场越强，不待你走近，就感受得到。俞振飞的李白即便是隔着电子的屏幕，也让今天的观者嗅得到那份儒雅和傲然。

　　关键在于他所饰演的角色是李白。李白的气场更强劲，他的气宇多么轩昂，诗才何其浩瀚，从巴山蜀水到春雨江南，从燕山飞雪到洞庭烟波，纵然历时千载，远涉万水千山，诗仙的淋漓元气也会穿越古今，击破夜半青灯下我们手中的黄卷。

太白醉写（一）　　34.5×39cm　　2013年

太白醉写（二）　　34.5×39.3cm　　2013年

京

（乱部）

有的是就戏论戏，有的却是跟戏无关的掉单，
所以戏里戏外，五味杂陈。

文昭关

　　《文昭关》，全本《伍子胥》中一折，演春秋伍员事。《史记》："伍子胥者，楚人也，名员。"史载，楚平王受佞臣费无忌挑唆，杀害伍员父兄，伍员逃亡，阻于昭关，幸得脱险入吴，为吴王阖闾重臣，后终挥师平楚，报仇雪恨。

　　戏剧与史实情形大致不差，惟伍员如何通关，略有分别。戏剧所演，大多根据小说《东周列国志》及民间传说来敷衍铺陈，以使情节更曲折，故事更好看。民间素有"伍子胥过关一夜白头"的说法，所以戏剧的重点落在"过关"上面，增加个隐士东皋公，将伍子胥藏于家中。然而"一连七日，未见计出"，彻夜愁烦的伍子胥在戏台之上，胸前胡须由"黑三"换作"苍三"，又由"苍三"换为"白三"，以致样貌改变。于是东皋公得计，使挚友皇甫讷扮作伍子胥，引得官兵捉拿，伍子胥遂得趁乱过关。故而此剧又名《一夜白须》。

　　然而史书并未载此事，亦无东皋公、皇甫讷二人出场。倒是描写了另一位隐士：

　　到昭关，昭关欲执之。伍胥遂与胜独身步走，几不得脱。追者在后。至江，江上有一渔父乘船，知伍胥之急，乃渡伍胥。伍胥既渡，解其剑曰："此剑值百金，以与父。"父曰："楚国之法，得伍胥者赐粟五万石，爵执圭，岂徒百金剑耶！"不受。（《史记·伍子胥传》）

　　按此，伍子胥是人已出关，后有追兵，逃至江边，遇渔父搭救解脱。虽未言及困于文昭关之详情，但却与小说戏剧并不矛盾。我们不妨设想是东皋公施救在先，及过关渡江，渔父则施救在后。按逻辑而言，也顺理成章。元杂剧有《采石渡渔父辞剑》，便是依照《史记》所载写此故事。然而《吴越春秋》和《越绝书》却别生枝节，谓渔父救了伍员后辞剑自杀而亡，这便不免画蛇添足，太过多事了，令人心寒。

此戏为江桂升、杨宝森二人精擅之代表作，汪唱腔悲壮激越，杨演唱浑厚华滋，尤为别开生面。我画伍子胥，恰值元旦，为新年开笔。旧岁人事多不称意，胸怀幽闷。而今，伍员出关，吾亦出关！

文昭关　　53×34cm　　2013年

锁麟囊

（一）

此戏画过多次。当年为拙著《温文尔雅》之《木瓜》篇配图，便纳友人建议，取"今日相逢得此报，愧我当初赠木桃"词意，绘薛湘灵一帧。该画原本是为配合文章内容需要而作，故多掣肘。毕竟，《锁麟囊》最经典之唱段乃是"春秋亭"一折：

春秋亭外风雨暴，何处悲声破寂寥。隔帘只见一花轿，想必是新婚渡鹊桥。吉日良辰当欢笑，为什么鲛珠化泪抛？此时却又明白了，世上何尝尽富豪。也有饥寒悲怀抱，也有失意痛哭嚎啕。轿内的人儿弹别调，必有隐情在心潮……

接下来是又一大段"西皮流水"，从"耳听得悲声惨心中如捣，同遇人为什么这样嚎啕"到"小小囊儿何足道，救她饥渴胜琼瑶"，在"程派"所特有的沉郁含蓄、激流低徊的唱法演绎下，营造出极大的艺术魅力，使听者如闻散珠碎玉，风生水起，随之情怀激荡，心潮难平。仅仅就声腔艺术而言，《锁麟囊》不但是"程派"青衣扛鼎之作，在整个京剧界的地位也是举足轻重，堪登魁首。至于其剧情编排、故事结构和思想内容，亦同样不遑多让，位列一流。

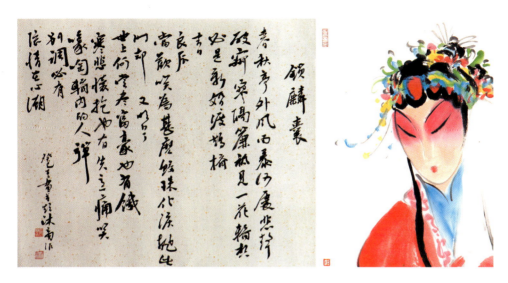

锁麟囊·春秋亭　　84.5×43cm　　2013年

锁麟囊·卧鱼　　44.5×44cm　　2013年

剧情是写登州富家女薛湘灵出嫁，途中于春秋亭避雨，恰遇另一出嫁贫女赵守贞。湘灵闻其哭声，悯其悲辛遂以锁麟囊慷慨相赠，未及互通姓名，雨止而各去。后登州水患，湘灵与亲人失散，孤身流落至莱州，应募为当地富户卢府佣姆。她日伴卢家小公子游戏园中，百感交集，顿悟贫富无常。恰卢子抛球入一小楼，促湘灵拾取。此楼为卢家禁地，不许闲人登入。湘灵被卢子所促无奈登楼，惊见当日赠人之锁麟囊供奉案上，不觉感泣。原来卢夫人即赵守贞，见状异之，详细盘问，知为当年赠囊恩人。卢夫人大喜过望，礼为上宾，愿倾家产以报，湘灵不纳。恰薛家人亦逃难至此，遂欢喜团圆，共享康宁。

批评家论此，当讥此戏离不开"大团圆"式的俗套。不错，中国传统戏剧故事，多为圆满收场、皆大欢喜的结构模式，让观众看罢不疼不痒，回到家去接着舒舒坦坦过日子。但我没觉得这样做有什么不好。在这一点上，就连《锁麟囊》的剧作者翁偶虹的解释都显得勉强。当时翁之所以为程新编此剧，在于程砚秋认为自己演的"悲剧"太多，从《鸳鸯冢》到《荒山泪》，没有一个不是"凄凄惨惨戚戚"，所以希望增添些亮色，但又"并不是单纯的团圆和欢喜而已"，需要"狂飙暴雨都经过，次第春风到吾庐"式的喜剧因素。所以翁偶虹这样描述此戏："通过贫与富的变化，体现出当时人情冷暖，世态炎凉。"

然而纵观全戏，不论是薛湘灵由富到贫，还是赵守贞由贫致富，不管他们自己，还是周围人，没有哪个趋炎附势，嫌贫爱富，更没有哪个见利忘义，落井下石。所以，作者所谓"人情冷暖，世态炎凉"的滋味是基本不存在的。但我这样说却并非批判翁氏，相反，这出戏写得好，而好就好在这是一出关于一群普通的善良人的平凡故事——剧中没有一个坏人，却写尽了人生的酸甜苦辣；剧情历经了百转千回，却告诉我们最真的只在家常。

（二）

《锁麟囊》一戏，情节曲折动人之外，唱腔最堪称道。"四大名

锁麟囊·水袖　　69.5×45cm　　2013年

旦"，梅派富丽若国色牡丹，程派冷艳如傲霜秋菊。牡丹盛极一时，占尽春光；菊花收拾残局，西风独立。花王绚烂已无余，黄花落英犹可餐。此好比程派唱腔所以有绵延不绝之余味也。

程派唱腔之韵，《锁麟囊》尽有。然此戏之好，不止于此，歌之外，尚有舞可观焉。青衣"水袖"之美，程砚秋《荒山泪》一戏已风光无限，然《锁麟囊》并不逊之。

水袖，便是戏剧服装袖口处缝上的一段白绸子，这是戏剧表演艺术特有的介质和手段。水袖的动作式样可达数百种，借助"水袖功"，演员可以夸张地、淋漓尽致地传情达意，为剧情添彩，而"长袖善舞"的姿态也给观众带来美不胜收的视觉美感。

《锁麟囊》之"朱楼寻球"一出，薛湘灵有一大段极精彩的水袖做工表演。先是登楼，动作要缓，演员须借助身段和表情，传达其内心紧张不安的情绪；接下来是寻球，动作要速，"卧鱼"和"水袖"同步反复展现，一边下蹲一边翻身，几个转身的同时还要翻抖水袖——身躯蹲下，两袖飞出，表示旦角在墙角旮旯四处急寻。一连串美妙纷呈的动作一气呵成，令人目不暇给，直到忽然发现锁麟囊，一霎间悲欣交集，惊魂乍定，抚囊而泣。此处蓦然由动转静，好似行文作画的运笔，浓淡之间，飞白收锋，戛然而止，而观者之情感随之迸发升腾。

舞台上水袖之美，演员务必竭尽烂漫之能事，使观者眼花缭乱；落到纸上，画家却当化繁为简，以一当十，所谓为道日损，方显飘逸空灵之韵。

空城计

（一）

这是自少年时代起就熟诵的诗：

丞相祠堂何处寻？锦官城外柏森森。映阶碧草自春色，隔叶黄鹂空好音。三顾频烦天下计，两朝开济老臣心。出师未捷身先死，长使英雄泪满襟。（杜甫《蜀相》）

由子美来咏孔明，实在再恰当不过。一位唐代最伟大的诗人和一位三国时期最伟大的政治家，远隔五百多年时空的二人，在思想与文字间相遇，总给后世的人们带来一种沉郁之感，苍茫之意，黍离之悲。

我对诸葛亮始终充满敬意，却不知为何吴藕汀老先生在其说戏的文中对之屡屡恶评，骂其"诡计多端"、"久有篡心"、"阴谋败露"云云，实不应该。演义及戏剧中的诸葛，一直被神话化为智慧超群、通天晓地的非凡人物，连鲁迅都说"状诸葛之多智而近妖"，但那是小说家的笔法，论者岂可当真，况如此诸般关孔明何事？百代以降，人皆以诸葛为万世之师、忠良典范，又岂能以一人三言两语而毁誉废之。

戏台上的孔明，都是着八卦衣，戴八卦巾，手执羽扇，一副道家打扮。此乃依传统小说家之惯性思维和程序化手法，包括"隋唐"之徐茂公、"水浒"之公孙胜、"明英烈"之刘伯温，皆一脉相传，信笔为之。实则诸葛亮是不折不扣的儒家。

儒家者，士人也。所谓"修身、齐家、治国、平天下"，"欲明明德于天下者"，正是儒家之伦理政治思想。诸葛身体力行，"立德、立功、立言"，俱臻其极，为标准的正统儒学践行者和代表性人物，与道家何干？道士只管炼丹服药，遁世无为，岂可与之等量齐观。终究是艺术的力量憾人。凡事一经文学、艺术勾描渲染，人心就此定论。从"借东风"到"七星灯"，此类法术频出，诸葛想不成道士都难。

《空城计》与《失街亭》、《斩马谡》合称"失空斩"，但在京戏中常单独演出，主要因为此段情节紧凑而完整，唱腔戏词优美，足称经典。尤其下面这段西皮慢板"我本是卧龙岗散淡的人"：

我本是卧龙岗散淡的人，凭阴阳如反掌博古通今。先帝爷下南阳御驾三请，料定了汉家业鼎足三分。官封到武乡侯执掌帅印，东西征南北剿保定乾坤。周文王访姜尚周室大振，俺诸葛怎比得前辈的先生。闲无事在敌楼我亮一亮琴音，我面前缺少个知音的人。

这段戏词堪称京戏老生唱段之代表，唱出了主人公"宁静致远、淡泊明志"的气度。平日里在人生失意烦闷的光景，若哼唱几句，颇有心理疗伤的功效。

然这段唱腔流布已久，现于戏台上普遍给唱作"凭阴阳如反掌保定乾坤"，随后下面那句则换成"东西征南北剿博古通今"。"博古通今"跟"保定乾坤"这样一互调，不管语法还是意思，于情于理都说不通。

（二）

戏曲《空城计》全由小说《三国演义》敷衍而来，事实上此计赵子龙或尝得之，孔明却未必用之。史书《三国志》注引"郭冲三事"确曾言诸葛亮以"空城计"退司马之兵：

我本是卧龙岗散淡的人 憑阴阳如反掌博士通天
失帝却下南阳 御駕三请料定乾坤 东榮鼎足三分
宫封到武乡候 執掌帅印东西征南北刘保
定乾坤周文王访姜两周宫八百 俺诸葛岂如先辈
陶令事在嵇桥我亮紫竹萧西刷少一個知音心人

空城计·我本是卧龙岗散淡的人　　100.5×87.5cm　　2013年

亮在城中兵少力弱……将士失色，莫知其计。亮意气自若，敕军中皆卧旗息鼓，不得妄出菴幔，又令大开四城门，扫地却洒。宣帝常谓亮持重，而猥见势弱，疑其有伏兵，丁是引军北趣山。

郭冲并云"宣帝（司马懿）后知，深以为恨"。但论者都以为"举引皆虚"，并无其事。而且就算有，郭冲言事乃诸葛屯兵阳平之时，在"失街亭"前，彼时司马懿尚在宛城，并未与诸葛亮展开对决。

《空城计》一折，诸葛的两段唱腔都极精绝，同为该戏核心唱段，一个是前面提到的"我本是卧龙岗散淡的人"（西皮慢板），另一个便是接下来的"我正在城楼观山景"（西皮二六）：

我正在城楼观山景，耳听得城外乱纷纷。旌旗招展空翻影，却原来是司马发来的兵。我也曾差人去打听，打听得司马领兵往西行。一来是马谡无谋少才能，二来是将帅不和失街亭。你连得三城多侥幸，贪而无厌又夺我的西城。诸葛亮在敌楼把驾等，等候了司马到此谈呐、谈谈心。西城的街道打扫净，预备着司马好屯兵。诸葛亮无有别的敬，早预备下羊羔美酒犒赏你的三军。既到此就该把城进，为什么犹疑不定、进退两难，为的是何情？左右琴童人俩个，我是又无有埋伏又无有兵。你不要胡思乱想心不定，来来来，请上城来听我抚琴。

这两段均为京剧老生经典唱段，古今名家各擅其场。早期有以诸葛之形象而入"同光十三绝"画中的"活孔明"卢胜奎，随之有谭鑫培、余叔岩；后有孟小冬、杨宝森、奚啸伯、谭富英等等。最早的"须生三杰"之一程长庚不演孔明而演鲁肃，固然匠心独具，但也殊为可惜。而马连良虽精于诸葛却更擅《借东风》一出，可见戏剧艺术之表现，同样的人物在不同情境下自当不同。

《空城计》的唱词很好地表现了一代名相临危不乱、泰然自若的潇洒风度，也展现出儒家士者鞠躬尽瘁、匡扶天下的壮志豪情。而相应的唱腔则与之水乳交融，庄重肃穆又吐纳从容，威严刚毅又机敏淡定。确使观众闻之心生景仰，壮思满怀。

空城计·我正在城楼观山景　　100.5×112cm　　2013年

老生行当及其唱腔唱法，在京戏中当推首座。不论艺术性之听觉效果及观感，还是所表达的人物事件之思想深度，均为其他行当所不能及。其地位至尊，实乃京剧之魂。尽管"四大名旦"、"四小名旦"声名在外，相对巍然如山的须生而言，恰似满眼的山花烂漫。山花固不可无，然而无花之山也依然是山；离山之花，却只能插在瓶中鬓间，聊作鲜美的陪衬。

女起解

京戏《苏三起解》名气太大，真个是无人不知，无人不晓。这出戏别名《女起解》，相对的便还有一个《男起解》，即《三家店》，主人公是落魄英雄秦琼。

苏三和秦琼，历史上都确有其人。秦叔宝自不必言，苏三的故事见于《警世通言》之《玉堂春落难逢夫》，虽是小说，但清末之洪洞县衙确存苏三案卷，情节也大略一致。若说艺术的传播效果确实强大，苏三以一名不见经传之平凡民女而被人们牢记，小小的洪洞县也广为人知，完全凭借一出戏。该戏中苏三所唱的那段【西皮流水】最是经典：

苏三离了洪洞县，将身来在大街前。未曾开言我心内惨，过往的君子听我言：哪一位去往南京转，与我那三郎把信传。言说苏三把命断，来生变犬马我当报还！

苏三这个唱段流播极广，以至于不爱看戏的人都会唱上一段。遥想当年，我还在读初中，农村的教育条件落后，学校都以"魔鬼式"训练机制培育学生，学生们早出晚归，老师们也是披星戴月。那时候读初三，备战中考，每天不是迎着太阳而是迎着月亮赶赴学校上早自习，住得近的还好说，住得远的少说要走上十里八里。邻班有位同学，平日里就性情乖张、迥异常人，连声音都极富特色，频率快而尖锐，与众不同。某一日寒冬的拂晓，朗月高悬，我踏着残雪走在上学的路上，途经那片苇塘，对面蓦地里响起一段不甚地道的京剧唱腔，一听便知是"他"，唱的正是"苏三离了洪洞县……"当时一乐，心底竟涌起一阵暖流，好像是寒夜里的一朵焰火，又似对那份枯寂生活的慰藉，至今那情景和音色仍能在耳畔回响，难以磨灭。

戏剧里的苏三本是女囚徒，而作为应试教育体制下农村孩子的我们，不也如一只只囚鸟？苏三因身份低微、被人诬陷而惨，我们因升学的压力而苦，同是天涯沦落人，唱起这"同一首歌"，却并无"相悲各问年"的惨和苦，反倒转换成一种反讽式的快慰和轻松。我觉得这里面有戏曲神奇的力量。

京剧艺术追求的是腔调、板式和韵味，观众听者在其间寻求的是一种心理感官的抚慰与共鸣，在摇头颔首间完成对戏剧的欣赏和消费，或者说是一种享受戏曲"按摩"的快感。要说历史感，以及良知和思辨，也并非全无，但都在其次。所以人逢喜事，也可以来一段苏三起解的"未曾开言我心内惨"；忧心忡忡，反要哼上一曲"我本是卧龙岗散淡的人"。

剧中人内心是"淡"还是"惨"，其实戏迷并不很理会，哪一出戏的故事情节乃至唱腔戏词，戏迷不是滚瓜烂熟？一出戏一生要听无数遍，就算开始时有喜有悲，感同身受，日子久了"夫复何言"？所以苏三这女囚看起来也毫不似囚犯，观众看着欢喜就好——照样擦脂抹粉，而且穿红衣，戴精致考究的木枷或铐链，仿佛那一身珠光宝气的刑具囚服都是"卡地亚"和"香奈儿"。

苏三起解　　36.5×34.5cm　　2013年

古城会

《古城会》之本事出于小说《三国演义》，昆曲《三国志》也有此折，京剧当由此敷衍而来。演"刘关张"徐州失散后，刘备从袁绍处、张飞自芒砀山同至古城，而此时关羽辞曹营，过五关、斩六将，也来到城外。

张飞误以为关羽降曹所以不纳其入城，恰巧此时蔡阳率军追杀而到，接下来正如《珠帘寨》中李克用所唱："关二爷马上呼三弟，张三爷在城楼怒发冲冠……"张飞擂鼓助威，关羽以疲惫之躯力战蔡阳，斩之于马下。张飞知道错怪了二哥，于是央请大哥刘备说情，刘备佯作不管，张飞厚着脸皮去向关羽认罪，《训弟》一折收尾，三兄弟喜庆重逢，全剧告终。

此戏关公、张飞和关羽的马童三个角色分量皆重。关、张自不必说，马童的念白、身段繁多，不但交代关公之鞍前马后、一路行色，而且来回往返关、张之间通报讯息，表情达意，是个不可或缺的角色。想来也是，这马童便是高级干部身边的司机兼警卫员，忽略不得。

《训弟》一折中，张飞的角色充分发挥了"架子花"诙谐、可爱、轻松的特质和优势，使前面的紧张节奏得以缓释，通过一系列念白和做功把莽张飞做错事之后战兢兢、怯生生的心理情态表现得意趣盎然。

张飞偷偷溜进屋，见关羽秉烛读书。当关公唱道："看古书看的是孙庞斗智，俺关某怎比得前辈古人？"张飞举动小扇，在其身后贼头贼脑地偷窥，二人摆出经典的造型——这一幕最堪入画。前辈大匠关良、马得二老都曾绘过，我亦欢喜此情此景，试为之狗尾续貂。

古城会　　99×82.5cm　　2013年

望江亭

　　"衙内"在传统话本里素来是个让人生厌的字眼，它本是指掌管禁卫的官员，由于五代以后这一职位多由官家子弟担任，后世便用来泛指官宦子弟。这些子弟群体以游手好闲不务正业者居多，偶尔也干点实事，兼任一下城管工作。而其中的佼佼者，一个是《水浒传》中的高衙内，一个就是《望江亭》里的杨衙内。

　　《望江亭》演的就是一个不争气的"官二代"，见色而生歹意，结果害人不成，反中地方公务员老婆之计，最后受到法律制裁。戏中主要人物有三位——"官二代"杨衙内、公务员白士中和白妻谭记儿，以谭记儿为主角。

　　此剧取自关汉卿原著《望江亭中秋切鲙旦》，故又名《切鲙旦》，鲙就是鱼肉。杨衙内看中谭记儿，借其父杨太尉势力诓得皇上圣旨和尚方宝剑，欲加害谭记儿之夫，新任潭州太守白士中。白士中得到消息后愁眉不展，谭记儿却想出对策。中秋夜，杨衙内一行行至望江亭，泊船歇息。谭记儿扮作渔妇，向杨呈献鲜鱼，并顺势将其灌醉，窃走圣旨和宝剑。待天明杨衙内赶来问罪白士中，白出示二圣物，将其收押。全剧以朝廷明察、衙内受惩，白、谭夫妻美满而告终。

　　这是一出经典的喜剧，剧中突出表现了谭记儿这一爱憎分明、智勇双全的女性形象。谭记儿固然可钦可敬可爱，非常了不起，但杨衙内其实也功不可没。说他是个不争气的"官二代"正是恰如其分，他无才无德，狗仗人势，

望江亭   52×36cm   2013年

欺男霸女，一副丑恶的嘴脸真是又可恨又可笑。试看谭记儿劝酒时请他即兴赋诗，摆明了要看他的洋相，这厮毫不知天高地厚，更不知自己半斤八两，竟然对着眼前这位卖鱼的"张二嫂"（谭记儿佯称）舞文弄墨起来，"诗"曰：

月儿弯弯照楼台，楼高又怕摔下来！今天遇见张二嫂，给我送条大鱼来！

结果，这首诗被"张二嫂"调了包，到潭州府兴师问罪时，这位衙内竟真把它当做圣旨大声宣读："月儿弯弯照楼台"——当时就傻了眼，令人啼笑皆非。这出戏告诉我们，不管你出身名门，还是家徒四壁，最重要的还是要做好自己，多读书，学文化，别扯淡。正所谓："吃自己的饭，流自己的汗，自己的事情自己干。靠天靠地靠祖宗，不算是好汉！"

所以说，杨衙内功劳太大了。假如杨衙内换做是严世藩，那几个随从换做是汤勤，谭记儿能不能成功，白士中能不能脱险，结局就很难说了。不过汤勤和严世藩最后也都落得个身首异处，证明坏蛋即便有文化也是没用的，做人还是要有副好心肠。

武家坡

少年子弟江湖老，红粉佳人两鬓斑。三姐不信菱花照，容颜不似彩楼前。

这是京戏《武家坡》里薛平贵的一句唱词，很有情思，后来金庸将首句用于小说《倚天屠龙记》为人们所熟稔，而原本不显。

《武家坡》为《红鬃烈马》的一折，演薛平贵与王宝钏故事。薛、王传说为民间所流行，然纯属虚构，史无其人其事。此戏为人们喜爱，关键是发挥了人情事理，人伦情感是艺术最动人的元素，哪怕是虚构，有时倒要比真实的更有生命力。

薛平贵在西凉十八年，先赘为驸马，后嗣业西凉国主，权高位显，尊荣至极，然心内依然牵挂昔日王宝钏，可见是重情义的男儿。一日见鸿信，系王宝钏血书，归心更切。与《四郎探母》中杨四郎的踌躇惆怅不同，薛平贵先发制人，为寻旧爱，直接用酒灌醉新欢，扬长而去。

比较薛平贵与杨四郎，二人行为不同，或为性格使然，或为情势所促，然而终究还属于思想问题。薛既为异国国主，与故国无情可牵，所念唯妻子王宝钏而已，宝钏又身处逆境，屡为奸人所迫，所以平贵之心坚而专，故能接回原配，并取得代战公主之体恤，合家团圆。四郎屈身敌国，而与铁镜公主情洽意笃，又有阿哥在抱，小家美满。反观故国，父兄皆亡命沙场，唯老母携众女眷御敌，君恩又不可谓深厚，每思之悲怆心寒，情感上已飘在无根处。

四郎最失信处，一在高堂，二在妻子。人评四郎缺失，总从民族大义上着眼，或骂之为汉奸，这便过了；但责其于家庭无仁，绝不为过。四郎一生，其内心必然是痛苦的，但比他痛苦百倍的，是他故乡的妻。这便是死别容易生离难。

薛平贵赶回寒窑与原妻相见，那千般滋味自非旁人所能感。这种沧海桑田、坚贞不变的感情戏，那调子本当是深沉浓郁的，但不料二人相认前竟然还能插科打诨，互相调笑一番：

薛平贵：好一个贞节王宝钏，百般调戏也枉然。怀中取出银一锭，将银放在了地平川。这锭银子三两三，送与大嫂做养盦。买绫罗，做衣衫，打首饰，置簪环，我与你少年的夫妻就过几年哪！

王宝钏：这锭银子我不要，与你娘做一个安家钱。买绫罗，做衣衫，买白纸，糊白幡，打首饰，置妆盦，落得个孝子的名儿在那天下传。

这段【西皮快板】倒是好听，词儿也好玩，只是多少减弱了那份"少年子弟江湖老"的人生况味。但回过头来看，却像是部当代美国大片——故事磅礴曲折，情感细腻动人，人情味每每于细微处体现，九死一生峰回路转之际忽然绽放出一点小幽默来调节气氛。当年《武家坡》的编剧是不是也这样想的？也许是吧。

武家坡　　45.5×34cm　　2013年

战马超

《战马超》又名《两将军》，乃全本《葭萌关》中的一折，讲三国时期马超攻打葭萌关，与张飞大战的故事。"张飞挑灯战马超"的故事在民间流传颇广，但正史无载，纯属虚构。此戏情节直接取自《三国演义》第六十五回《马超大战葭萌关，刘备自领益州牧》：

　　两马齐出，二枪并举。约战百余合，不分胜负。玄德观之，叹曰："真虎将也！"恐张飞有失，急鸣金收军。两将各回。张飞回到阵中，略歇马片时，不用头盔，只裹包巾上马，又出阵前搦马超厮杀。超又出，两个再战……两军呐喊，点起千百火把，照耀如同白日。两将又向阵前鏖战。

　　在舞台上这是一出对打戏，一边是架子花张飞，一边是武生马超。

　　按小说描写，两将厮斗，从白昼到黑夜，反复数次交锋，战到兴起，张飞竟"只裹包巾上马"，直至挑灯酣战。所以，戏剧里的张飞和马超也是从全副披挂，再换作短衣打扮，一黑一白，捉枪夺枪。两角色特征对比鲜明，充满视觉张力，颇富打戏之趣。让人不禁联想起短打武生、武丑的对手戏《三岔口》——同样是一黑一白两个人于黑夜里对打，而后者动作的设计性更强，视觉效果及幽默感也更浓郁。

　　《三岔口》和《两将军》都属于戏剧"小品"。小品这种艺术形构，在绘

两将军　　55.5×52.5cm　　2013年

画中最为普遍和典型。宋代以降，文人士大夫广泛而全面地参与到各艺术部类的创作之中，宋代书法"尚意"，即文人意趣，推而广之，其他如绘画、瓷器、缂丝、茶道等等艺术形式也都更注重"意"的表现。这样，形制小巧简练、便于抒情写意的"小品"就成为艺术家最青睐的表达形式了。宋代的画家依旧擅创巨制，李成《晴峦萧寺图》、范宽《溪山行旅图》、郭熙《早春图》、李唐《江山小景图》、王诜《烟江叠嶂图》、夏珪《溪山清远图》、王希孟《千里江山图》等等皆如是。然而他们同时也爱绘小品，如刘松年《秋窗谈易图》、马远《梅石溪凫图》、夏珪《雪堂客话图》、赵佶《枇杷山鸟图》等等众多作品，或为扇面，或为斗方，皆属别致典雅之小品画。此外，更有苏轼、米芾等人的遣兴之作，号曰"墨戏"，也均属此类。元明之后，文人小品画益多，最典型如石涛、八大山人的不少作品，八大之《安晚册》即是精彩一例。至于扬州八怪之辈，几笔毛竹，数点梅花，一叶扁舟，两抹云山，小品创作俨然成文人画家生活的组成部分，"不可须臾离也"。

　　小品之作，作者读者皆不累，是为以小见大，众妙精微。戏剧亦如是。倘若都是压轴大戏，《四郎探母》之后演《群英会》，《群英会》接下来便是《龙凤呈祥》，紧接着是《失空斩》、《锁麟囊》、《伍子胥》……别说演员吃不消，戏迷也会营养过剩"吃"撑了。像《三岔口》、《两将军》、《小放牛》这些精致小品，好比滋味美、助消化的清茶和果盘，大餐之间，健康饮食绝对少不了。

铡美案

　　武有关公，文有包公。关公的红脸、包公的黑脸分别代表京剧脸谱中的两个典型：忠义和公正。然而历史和现实中谁都能想象得出，关羽的脸再红也不可能如和田玉枣，包拯的脸再黑也黑不过奥巴马和安南。

　　然而这恰是戏剧的艺术。艺术离不开变形和夸张。变形而又不变其神，夸张而又合乎法度与想象。李可染说画画："可贵者胆，所要者魂。"但如今"胆"并不可贵，大胆的艺术家多的是，画的画足以吓死人，"魂"却没了。

　　一切艺术都是这样。现在的人们只是失魂，并不缺胆。在艺术的名义下，伪艺术横行无阻；在创新的口号下，传统风骨凋零。比齐白石、李可染、林风眠大胆的多的是，但你若和他论画中笔墨味道、气韵格调、学问修养、器识精神，则无异于对牛弹琴。

　　对牛弹琴不是牛的错，弹琴者的罪过和悲哀也。所以自古有知音难求的感叹。知音，不论双方性别年龄、地位身份，纯以澄怀观道，若能心灵相应，高山流水，琴箫和鸣，所以为知音。鲁迅书赠瞿秋白："人生得一知己足矣，斯世当以同怀视之。"然而，"同怀"究竟是高境界，可"欲"而不可求。一碗水尚且端不平，何况人心？

　　所以包公的可贵便在于此：公平与正义、理智与情感——波澜不惊的黑面孔下，潜流涌动着反复的思辨和估量。《铡美案》中，包公的这两段经典唱段值得回味。首先是劝告陈世美坦白从宽："说起了招赘事你神色不定，我料你在原郡定有前妻。……我劝你认香莲是正理，祸到了临头悔不及。"随后是告诫驸马爷抗拒从严："驸马爷近前看端详……将状纸押至在了爷的大堂上！咬定了牙关你为哪桩？"这脍炙人口的"西皮快板"，不仅仅是正义的控诉，其实也隐含着包拯的痛惜，那是一种同为寒微出身，及至平步青云才会有的感同身受。

就好似三国当年，十八路诸侯齐聚袁门，兴师讨董贼，惟独曹孟德对刘皇叔独具青眼，礼遇有加。知才善任只是一个方面，更重要的是一种人生历程上的亲近感，那种感觉，发自心底，来自履践，所以惺惺相惜，似曾相识。有时候就是如此，一生最可宝贵的，不是亲友，而是对手，那敌手于己彼此了解至深至透，恍如铜镜的另一面，乃至大敌既去，顿生色即是空的破灭感。我猜想，包公铡了驸马爷之后的那个转身的背影，未尝就不曾写满了黯然。

但话分两头，陈世美该不该铡？不同的时代人们见解或许不同。铡美，反映的是底层人民的诉求，人们不愿看到秦香莲这样的平民妇女无端被遗弃成了孤儿寡母，对于见利忘义、背信弃义的陈氏行为必须予以痛击，还弱势群体一个公道；不铡美，在现实中却也司空见惯。尤其现代社会，多少陈世美依旧过得很美，多少秦香莲并不觉自己可怜。倘若只是移情别恋，另寻高枝，所受的往往最多是道德品质的诟病，还不至于判为死刑。

而戏文中，剧作者似乎很清楚这一点，所以让陈世美坏事做尽，逼韩琪去将那母子追杀，终于害死了好心人韩琪；又让陈氏落得"欺君之罪"，正是这最重要的后一条使包黑子"铡美"顺理成章。至此，民意才得以抚平和安慰。

包公戏在京剧里是重头，但昆曲舞台上却没有，昆班的"八黑"正净也不曾列入。或许就是因为传奇乃文人士大夫或者退休老干部所写，他们所崇尚的优雅和个人化的趣味，大概与长期生存于底层的老百姓之压抑与激愤调子不同。

包青天　　69×49cm　　2013年

挑滑车

高宠虽然失败了，但他总是少年时代我们的心中偶像。

小时候看连环画《说岳》，听评书《岳飞传》，高宠英勇无敌的光彩形象深入人心。虽然他出场时间其实极短暂，几乎刚一露面就消失了，如划过天际的流星。

历史上高宠并无其人，是个虚构的人物，但他代表着渴求英雄与胜利的人们的心声。从这一点来讲，高宠是真实存在的，正所谓"中华民族到了最危险的时候，每个人被迫着发出最后的吼声"，高宠就是这吼声。这吼声意味着摧枯拉朽的豪情和大无畏的气概。电视剧《大宅门》中的白景琦，经常在踌躇满志之际念起《挑滑车》中高宠的台词"看那旁黑洞洞，定是那贼巢穴，待俺赶上前去，杀他个干干净净"，便正是此意。

《挑滑车》剧目取材于《说岳全传》第三十九回《祭帅旗奸臣代畜，挑华车勇士遭殃》。演宋军被金兵围困在牛头山，金兀术知岳家军英勇，在险要之地暗设铁滑车以防阻宋兵。岳飞点将出阵，令高宠把守军中大纛旗。交战时，高宠见作战不利，突出助战，大败金兵，并乘胜追击。金军以铁滑车阻拦，高宠奋不顾身，连挑十一辆滑车，终因马匹力竭，摔倒在地，遂为滑车碾压牺牲。宋军奋起击敌，终大获全胜。

剧中演点将之际，高宠因不被重用，于是质问岳飞："末将有一事不明，要在元帅台前领教！"而演义小说中并无此节。这一点细微的差

挑滑车　　53×50cm　　2012年

异，其实结果大不相同。戏之增补，于编剧者而言，似乎一来意欲增加主角的戏份，二来展现高宠后来"违令出战"的心理背景，三来表达英雄视死如归的无畏气概。且看戏中岳飞高宠的对话：

高：岳元帅，俺高宠既以将身许国，理当报效国家。今逢大敌，这满营将官俱有差遣，单单把俺一字不提，是何理也？哦！是了，想是笑俺有勇无谋，不能重用。

岳：不是哟！高王爷有所不知，只因你初到我营，不明敌情，恐你阵前有失。

高：哈！哈！哈！岳元帅！为武将者，临阵交锋，生而何欢，死而何惧？（唱）志在山河保，觑生死只如鸿毛！

这段对白，看起来好像解释了高宠"不被重用"的缘由，同时补充交代了高宠的心理活动。但如此安排，却反倒委实让人感到岳元帅用人之不明与高宠有勇而无谋。

我联想起高宠与祢衡。两个人物，一个虚构、一个真实，一个武将、一个文士，却在"意气用事"上如此雷同。按戏中所写，高宠更多是因"不被重用"而愤然出击迎敌，这与自恃才高、目中无人的祢衡何其相似乃尔。更为相似而可怖的，是二人都不顾行为的价值与后果，徒逞匹夫之勇，终于落难身陨。

祢衡所以"骂曹"，并不全因曹操"实为汉贼"，更多是出于私愤，如小孩子得不到期望父母所满足的玩具般，自认大才却全不被重视，于是疯狂撒野，裸衣击鼓；高宠所以出战，也并不全因"志在山河"，更多是因为"不能重用"，于是不惜违抗军令，贸然出击。

如此一来，似显岳飞用人不智。以高宠之胆识武力，若善加安排调用，日后必有更多更大的建树与价值，而不至于草率先死，实在不值。而高宠"志在山河保，觑生死只如鸿毛"的爱国激情与英雄气概，也好像成了冲动之下的口号。

所以这出戏只能视作经典武生"做工"戏，唯此可取，戏编得并不咋地。

　　编剧如作字，书法创作是越想写得好反倒越写不好，所以苏东坡说："书初无意于佳乃佳尔。"亦如言行，话说得太满，对方反倒认为你不过如此，因而现代的聪明人一切只"务虚"。

一捧雪

　　《一捧雪》是一部优秀的戏剧作品，取自明末清初剧作家李玉所写的同名传奇，据传确有实事。京戏《审头刺汤》即为其中著名的一折，此外，昆曲、秦腔、豫剧等各个剧种均有此戏，可惜不知为何当代却很少上演。

　　该剧故事情节曲折复杂，扣人心弦，艺术性和思想性都很强，尤其后者。该戏可以从不同的角度，读出多个意思和观点。我们可以用各种好莱坞式的别名来理解它：可以称之为《恩将仇报》或《魔高一丈》，可以叫它《致命的小人》，也可以叫它《危险的癖好》，或者叫做《死于美色》，或者称为《正义的终结》……

　　故事大意是讲明朝嘉靖年间，太仆寺卿莫怀古于风尘中提拔裱褙匠汤勤，并将其荐于当时权盛一时的严世蕃。汤勤贪恋莫怀古之妾雪艳已久，恩将仇报，怂恿严世蕃向莫家索取家藏古玉杯"一捧雪"。莫怀古视此家传宝物为性命，便以赝品献给严，但为汤勤识破。严恼羞成怒，命人到莫府搜杯。莫家仆人莫成将真杯藏起，使其空手而归。莫怀古知严必不善罢甘休，于是弃官逃走。严世蕃派人追拿并在蓟州将之捕获，令蓟州总镇戚继光将莫就地斩首。戚继光欲救之而无计，莫成舍生取义，替主赴死，莫怀古因得逃脱。

　　戚将莫成人头送到京城，却又被汤勤识破。严世蕃上奏皇帝，下旨将戚继光、雪艳及两个差人押解到京，命锦衣卫陆炳审讯，严世蕃派汤勤会审。公堂上，陆炳欲断人头为真，汤勤坚持为假。陆炳偶然察觉汤勤意在雪艳，于是顺水推舟施以美人计，借办理急务之机，让汤单独审问雪艳。汤无耻地明示雪艳：嫁给他，就判人头为真；拒绝，人头便是假。陆炳回来，汤勤说案已理清，人头确是莫怀古的。陆即判所有人无罪，并由雪艳暗示，将其断与汤勤为妾，汤乃不究。花烛夜，陆炳派人送去喜酒，将汤灌醉；洞房中，雪艳刺死汤勤，报仇后自刎。

这是一出经典的悲剧，不同于其他悲剧的是，它表面上却以"圆满"告终。整出戏从始至终无处不涌动着"正难压邪"的无助的力量，这力量是如此激荡而渺小，愤怒而微弱，像礁石下的浪花，像铁壶中的沸水，令人压抑窒息，但从来不曾放弃。看惯了太多柳暗花明，可现实中，如此这般才是常态。

剧名《一捧雪》寓意癖好古玩珍宝如同以手捧雪，不可久也；杯主莫怀古亦为隐名，意即"莫藏古玩"。的确，人有癖好自是一柄双刃剑，多少人因癖而败而亡，多少祸因癖而生而起，从古至今触目皆是。明末才子张岱说："人无癖不可与交，以其无深情也。"此言在理。没有任何兴趣爱好的人，要么是冥顽不灵的愚笨之辈，要么是城府极深的腹黑之徒。人之有情，自能享受常人不能感受的微妙而悄悄的愉悦。然而"情深不寿"、"多情总被无情恼"说的正是它的负面效应。人之优点同时便是致命的缺陷。这个道理既适用于物，也适用于人。玉杯和雪艳，珍宝和美色，莫怀古之祸皆由此二者而出。虽然，红颜祸水这句话向来横遭批判，但自非无稽之谈。道理很简单，美好的事物，谁都喜欢，而资源总是有限。

所以最关键而致命的危险出现了，那就是：小人。君子爱财，取之有道。这句话的确只适合于君子，小人是不管这一套的，他的心中没有什么至高无上的"道"，"道"都没有，所以什么皇帝、上级、亲友实际上都不在话下，他想怎样就怎样，无所不用其极。在小人面前，你有没有癖好，有没有深情，有没有古玩和美女，都是次要的。他要动手，他要使坏，他要整你，理由只需一个：我想要。

关于小人，无数人见识过，无数人剖析过，无数人笔伐过，但小人从来不是稀缺资源，也从来不在意世人的唇枪舌剑，他们像病毒一样多，而且无所不在，无孔不入，你看不见也摸不着，只有遭遇了其毒手才能感到他的卑鄙和凶残。而半日里，他们和你一样，面带着微微笑，友善可亲，脑门上也不曾贴个标签：小人出没，请注意。

小人是可怕的，是最危险的人类，令人防不胜防。但是像汤勤这样的小人，其实却不多，因为极品太难得，他实在是小人中的小人。以至于在看戏的过程中，我都会看得齿寒心惊。汤勤写得一手好字，又读过几多诗书，世间的道理他心中明白，做人的道义他门儿清。讲起话来，仁义礼智信如数家珍；做起事来，一切道德都抛到脑后，连最低贱卑劣的禽兽都不如。常言道：流氓不可怕，就怕流氓有文化。相比小人来说，流氓都算良民了。小人最可怕，何况小人有文化！

历史和现实中，汤裱褙这样的极品小人是真实存在的，唯其极品，"不世出"而已，但在剧中毕竟是个虚拟的人物，不似戚继光、陆炳等皆史有其人。陆炳这个人值得一提，在剧中他是公平与正义的化身，是唯一多少能与邪恶势力稍稍抗衡一下的角色，承载着善良人们的期望。而真实的陆炳，却是个极复杂也极厉害的人物，他称不上邪恶，但也谈不上公正。他执掌锦衣卫，是明代唯一"三公"兼"三孤"的荣耀者，生前左右逢源，权势煊赫；身后上面企图清他的账，竟得到张居正的力保而得全。严世藩亲口说："天下才，惟己与陆炳、杨博为三。"事实上，陆炳虽非严党，却始终与严嵩一门保持密切合作，属于一条绳上的蚂蚱。他不像严嵩父子那样作恶，且常解危济困，心存良知，平反冤案，但正是他伙同严嵩，害死了仇鸾和夏言。

陆炳不是小人，也没达到君子的高度。他聪明绝顶，充满能量，却在强大的小人面前噤若寒蝉。

剧中有一段，演陆炳痛责汤勤的一大段念白，那真是酣畅淋漓，大快人心；反观之下，陆炳"抗争"严氏的内容，却是显得如此苍白。陆炳反问汤勤："那严大人他是狼吗？"汤答："不是狼。""是虎吗？""也不是虎。"陆炳怒道："非狼非虎，怕他作甚！？"汤勤面不改色："严大人他虽非狼非虎，倒也有几分虎狼之威！"

看到此处，无奈一笑。这些话是人们心中想说却不敢说的，戏中的陆炳说了，只是演员在说，真实的陆炳永远不曾说，真可惜。

一捧雪　　34.5×36cm　　2013年

二进宫

《二进宫》讲的是明朝万历初年，最高领导集团内部上演的一次权力争夺和维稳事件，是一个代表皇权意志的正统势力成功遏止和肃清反动派阴谋活动的故事，而"忠"、"奸"较量的结果再次证明了道德标准上"邪不压正"的终极效力。

"忠良"与"奸党"历来是封建王朝统治阶级内部一对不可调和的永恒的矛盾。中国漫长的文明史上，二者之斗争此消彼长，从未停歇，时而东风压倒西风，时而反之。但历史学家告诉我们，正义终将战胜邪恶，黑暗的尽头必然是光明。

这些观点我们必须承认，因为我们都要心存希望和美好，人类社会才能向着真善美的方向不断前进。但值得注意的，是对于"忠"、"奸"定性标准的选择和评判——正如《二进宫》里，两位忠臣杨波和徐延昭所唱：

（徐）困龙思想长江浪，
（杨）虎落平阳想奔山岗。
（徐）事到头来想一想，
（杨）谁是忠良哪个是奸党？

客观地说，徐、杨二人一心维系大明社稷，扶持"朱姓"江山之大统，以

二进宫　　扇面　　2012年

当时历史情形判断，自然当属代表正义的"忠"的一方；而前任皇帝的老丈人李良心怀不轨，谋划篡逆，无疑是王莽之流的"奸党"，连他的女儿李后都直言不讳称"太师爷心肠如同王莽，他要夺我皇儿锦绣家邦"。

看来，在自古"忠孝难两全"的大关节上，李后最终选择了"忠"，摒弃了"不忠"之孝。但这只是表象——最开始时，李后完全站在其父李良的立场上，甚至不惜手持玉玺与众"忠臣"严词抗衡，直接导致两位大臣凄惶无奈之际去祭拜皇陵，进而双双"二进宫"，做最后一搏，力谏李后，直至形势得以扭转，转危为安。

然而李后得以"转身"，并非出于二臣之谏，而出于自省。自省的原因并非认识到"忠"、"奸"之判的失误，而是意识到李良的行为后果必将直接威胁到她和儿子自身。换句话说，是人类的自私性发挥了作用，跟"忠"、"奸"大义没什么关系。

反过来看两位保国大臣，"二进宫"后，情势逆转，当李后恳请二人担当重任之时，徐、杨开始百般婉拒，说反话道"太师爷忠良"；李后也是恩威并施，拿高官厚禄相诱，徐延昭却自称"老臣年迈难把国掌"，杨波则言"放臣还乡落得个安康"，最后逼得李后欲哭无泪"倒叫哀家无有主张，无奈何抱皇儿跪在昭阳"。皇上给臣子下跪了，还得自我辩解，美其名曰"非是哀家来跪你，跪的是我皇儿锦绣家邦"——可见所谓"忠臣"不过如此这般。

其实这些也都只是表面，徐、杨最后这句才算点题："哪个忠良又有下场？"把历史翻开一看，多少忠臣义士牺牲在昏君佞臣的屠刀之下，哪个能不心寒！徐、杨都是聪明人，他们没有篡逆之心，也算是正经人，但说到"忠良"或许也谈不上，那也不过是他们的一个旗帜和借口。究其根本，换做李良当皇帝，就恐怕没他们二人什么事儿了！往好里说，解甲归田，告老还乡；差一点讲，能否保住老命还是未知数。

李后、杨波和徐延昭，三个人唱一台戏，热闹非凡冠冕堂皇；而戏里戏外，唱响的是人类私欲的本性。

这出戏极负盛名，生、旦、净三足鼎立，均重唱工，冗长繁复，蔚然大观，堪称罕见。正净徐延昭戴侯帽，着紫蟒，勾深赭或朱红老脸，挂白满，手执铜锤（京剧称正净为铜锤花脸，由此而来），此为昆腔、梆子诸班所未有；老生杨波戴方翅忠纱，穿绿蟒，挂黲三，常持笏；青衣李艳妃梳大头，着黄帔，怀抱喜神（婴儿）。

《二进宫》的故事纯属虚构。按明史，万历生母确为李贵妃，但此时张居正当国，且贵妃还有陈皇后在上，岂能临朝听政？何况万历登基时乃八岁，与戏中喜神不合。虚构归虚构，艺术只需借事言情说理表意，历史的真实不必拘泥较真。更何况，"假作真时真亦假，真作假时假亦真"，人世如戏，如是而已。

三岔口

　　偶看电视，有关新《水浒》剧的访谈节目，扮演孙二娘的演员跟观众朋友们聊得兴致勃勃，说自己虽然以前没读过《水浒》，但里面的经典故事从小就听过，什么"十字坡"啊，"三岔口"啊……

　　"十字坡"没错，就是张青两口子和武松的那些事儿，"三岔口"是刘利华夫妻俩和任堂惠的那些事儿。前者出自《水浒传》，后者却衍生于《杨家将》。但我相信这绝对是那位演员的一时口误而非源于无知，相反我倒认为她讲得好。

　　为什么说这个口误讲得好呢？首先这两个故事原本就有内在因缘，有相似之处。清代唐英有根据水浒这段故事改编成《十字坡》杂剧，后来又加工出戏剧《武松打店》。《三岔口》的情节设置、背景安排、故事结构与之多有雷同：都是夜宿黑店，大打出手，最后第三者出现，双方化干戈为玉帛。如果按照西方结构主义学说的解释，两出戏应该是运用了同一个结构模式。

　　其次，这个口误也充分说明，京戏《三岔口》的知名度相当之高，是京剧的代表剧目之一。在国内，戏迷不用说，就算不看戏的人，大概没有不知道《三岔口》的。而每次京剧出国演出，《三岔口》也是必备戏目。其实若论故事性，这出戏乏善可陈，若说思想性，更是谈不上。但它的不可替代性恰在于此，它纯粹是一出打戏，几乎没有对白，完全凭借两个演员的神情和动作来表现，攫取观者的眼球和心灵。这种纯粹，大道至简，换句话说，就是戏剧艺

三岔口　　103×69.5cm　　2013年

术中的大写意。

土元化常讲中国京剧是写意的艺术,有别于西方戏剧之象征的艺术。这话很对,写意和抽象并不是一回事。昆曲京戏的唱做,都是以意传神,以神造境,以境摹状,以状叙事,以事写人,关键在于它的主体书写性和表意精神,跟书法和国画一样——演员的双手一合一推,便是关门开门;清水长锋羊毫的一按一抹,便是远山一片。

西方的抽象艺术,是抽取对象的本质和理性,但终究不脱离具象物的本质;中国艺术不同,它的写意更多专注于艺术家主体的品格和情怀,面对描绘对象,完全开创出另一片精神的世界。在这个独特的世界里,一朵花、一竿竹、一片江河,代替画家本人,活泼泼地生存于那片宣纸之上,亘古至今。

说到底,中国人的艺术精神是相通的,无论诗词文章,琴棋书画,或者戏曲武术,都一脉相承。跟国画大略分为工笔和写意一样,戏剧表演也如此。《三岔口》是最典型的写意,而且是大写意。

当年叶盛章扮演刘利华,李少春扮演任堂惠,可谓珠联璧合。戏中一身白衣的任堂惠和一袭黑衣的刘利华,用最简洁纯粹的肢体语言,你来我往,刀光剑影,在舞台上挥洒泼墨。舞美的概念与西方歌舞剧完全不同——不需要黑幕,再投以光柱,仅仅是靠两人的表情和动作,就让观众感觉到伸手不见五指的黑夜。

四进士

传统文本的故事编排，好戏经常上演在旅馆客栈之中。拿京剧来说，《三家店》里几个响马谋划着登州暴动，《十字坡》里江湖黑店老板娘遭遇反黑英雄，《三岔口》中黑灯瞎火间神秘主客大打出手，《乌盆记》中行人遇雨借宿惨遭谋财害命，想来这旅馆客栈，自古便是是非之地，不宜久留。

徽班保留剧目《四进士》由鼓词《紫金镯》改编而来，为经典"反贪反腐"剧，惩恶扬善，弘扬正气，其最精彩桥段也同样发生在客店。

该戏演明嘉靖年间，奸相严嵩专权，官场腐败，新科进士毛朋、田伦、顾读、刘题四人出京为官，赴任前盟誓相约，绝不违法渎职。时河南上蔡县有姚氏兄弟，兄妻田氏图谋家产将弟毒死，又串通弟媳杨素贞之兄将弟媳卖与布商杨春。杨春听素贞哭诉，怜其遭遇而撕毁身契，恰遇巡按毛朋私访，于柳林为素贞写状纸，令二人去信阳州告状。途中杨素贞与杨春失散而遇歹人，幸得被革职的老书吏宋士杰相救，认为义女，同赴州府衙门。信阳州官顾读，受田氏之弟田伦私信及贿赂，竟释放被告，反将素贞收监。宋士杰登堂质问，被杖责轰出。此时，毛朋至州审理此案。而在此之前，田伦的下书差役，恰投宿宋士杰店中，宋偶闻得蹊跷处，于是深夜窃抄书信，以为凭证。毛朋遂判田氏死罪，并置顾读、田伦于法，上蔡县刘题也被参革。

《四进士》是一部有分量的好戏，首先是其思想深刻，有助风化；其二，情节曲折，故事感人；其三，人物鲜明，角色毕备：老生毛朋、宋士杰、杨春，小生田伦，青衣杨素贞，老旦姚母，丑旦宋士杰妻，净为顾读，丑有刘题、姚廷椿、杨青。这么多角色，跌宕的情节，故事编排有条不紊，环环相扣，足见创作者颇具匠心和功力。其中，毛朋、杨素贞和杨春的表演，主要在"柳林写状"一折中，而宋士杰则以"盗书抄书"一场最为紧要，也是全戏的亮点——离不开夜色中的客店。

是戏为麒、马两派经典之作，周信芳、马连良皆以此享有盛名，二人戏中均扮宋士杰。《四进士》以宋士杰为主角，当始于清末民初。此前，剧中三老生戏份各时有侧重更迭，如谭鑫培、孙菊仙都曾演此戏，而孙饰宋士杰，谭演毛朋。麒、马俱学自孙菊仙，而后上演该戏皆以宋为主，另两位老生毛朋、杨春遂成配角。又此剧别名《节义廉明》，"节"有杨素贞，"义"有宋士杰、杨春，"廉"有毛朋，"明"则兼有之，旧戏主角不仅有宋，显为明证。

今日戏台之上，少见《四进士》身影，诚可叹事。我们既要"反腐倡廉"，弘扬正气，此等优秀剧目必不可少。或许"节义廉明"被目之以"封建"道德标准，遂至沉潜无闻，然公平与正义，是不存在什么封建不封建的。我们的国度，千百年而下，一以贯之，惟人性不变。

我观此戏的反思，不在于何者为"节义"，何者为"廉明"，而是戏中人的人性。宋士杰之为义士当不必说，毛朋之为清官却尚存疑惑——倘若杀人的田氏换作毛氏，或者顾读与毛朋的位置互换，结局又会怎样？也许一样，也许不同。但同与不同都不是关键，关键是，换了身份的毛朋，还依然会是戏中的毛朋吗？

据说，早年的戏剧脚本，写顾读贪赃，败于门下之师爷；田伦行贿，迫于家中之母命。二人均是"不得已而为之"。反照之下，毛朋其实从始至终都是个"局外人"，那便"好办事"，这"廉明"便难"盖棺论定"了。就此而言，《四进士》不以"四进士"为重，而以拔刀相助的宋士杰为主，似另有缘故在焉，也未可知。

四进士　　53×50cm　　2012年

灯烛下，宋士杰展信观瞧，唱曰：

上写田伦顿首拜，拜上了信阳州顾年兄。自从在双塔寺分别后，倒有数载未相逢……

田伦徇私枉法，顾读贪赃枉法，私情和名利，永远挑衅着执法者的操守和信念。当年，四进士双塔寺下的盟约，已随这一纸书信烟消云散。

九江口

"沉舟侧畔千帆过,病树前头万木春。"晚景残照里,英雄孤独的背影最令人痛惋深沉。历史上有多少次的乱世离合,就有多少国之重器亲历那"大势已去,独木难支"。京剧《九江口》里的张定边,何似《五丈原》的汉末诸葛。

历史上,张定边是元帅,孔明是丞相;张定边是武将,孔明是文官;陈友谅信任张定边,义结金兰,二人互称兄弟;刘玄德倚仗诸葛亮,白帝城托孤,也是情如手足。但在历史最关键处,作为一国领袖的那位,总要有意无意地否定"兄弟"一下,平时无比的信赖在那一刻瞬间化作乌有,言听计从变成了严词拒绝,你要我往西,哀家偏偏往东。于是呜呼哀哉,悲剧发生。

刘备之伐吴、陈友谅之袭朱,都是一意孤行,其结局也惊人地相似——都有一个"小白脸"从中作梗,前者是陆逊,后者是华云龙;最后都以火烧结束,前者火烧连营,后者火烧鄱阳。

当年袁世海与叶盛兰二位老先生的对手戏技惊四座,今天已成绝响。叶盛兰的小生戏冠绝古今,自不用说,其饰演朱元璋派来的"奸细"华云龙,胆识才干不同凡响,绝非蒋干之流的小角色,这恰与张定边的忠义勇猛、文武双全相匹敌,也使全戏更好看。全剧我尤为欣赏的,是结尾处张定边的孤舟救主——挥桨、扬波、狂奔,袁世海架子花脸的台上功夫算是基本上齐活了,而张定边的一片忠肝义胆,通过这一连串紧锣密鼓的动作,表现得淋漓尽致，大快人心。

　　舞台上下，人们是不以成败论英雄的，相反还要为失败的英雄扼腕痛惜、击节赞叹。但历史的真实，却是成者王侯败者寇。在历史浩荡而冷漠的洪流里，张定边孤单荡舟的背影，更像是一曲斜阳暮色下的挽歌，那逆流扬波的哗哗音响，终于淹没在舞台背后喧嚣热切的锣鼓声中……

九江口　　47.5×34.5cm　　2010年

白蛇传

对于《白蛇传》，大家太熟悉，几乎无话可说也无从写起。这个故事流布之广、影响之深，非同一般。遂有好事者将其与"梁祝"、"孟姜女"及"牛郎织女"并列为所谓中国民间四大传说。

传说只是传说而已，但人们宁信其有——盖因戏剧舞台上常演不断，而今又加上影视剧推波助澜，使得每个游览西湖之人先想到的便是白娘子和许仙，且务必要到断桥上流连一番，历史的真实的南宋文化遗迹倒不闻不问，如此种种足可见艺术之魅力、魔力和威力了。

《警世通言》中所载的《白娘娘永镇雷峰塔》与戏剧情节出入较大，但却是最早关于白蛇故事的完整叙述。雷峰塔我再熟悉不过，南山路傍，南屏晚钟，当年的残影倒映于湖光粼粼，叫人难忘。而现在经过翻新重建的雷峰塔，金碧辉煌，灯火通明，毫无韵致，让初到西子湖畔的游客，极难想象当年白娘子曾压在这座珠光宝气的塔下。不过也对，倒应了"宝塔镇河妖"的行话。常言道"保俶如美女，雷峰如老衲"，如今美女依旧在，老衲换西装。味道一变，不大成体统了。

剧中《断桥》一折，昆曲《雷峰塔》早有之，"传字辈"擅演此戏。京剧亦有，传统上沿用昆腔，然后世京剧此出对于许仙之人物性格塑造改动颇大。

且看老戏。白素贞水漫金山，终为法海之天兵打败，偕小青逃回西

130

断桥　　51.5×58.5cm　　2013年

湖，伤痕累累，心中却惦念许仙。而许仙却袖法海之金钵，行唱：

> 老和尚，他赐我，金钵一口。断桥亭，见我妻，必做对头。行一步，来至在，断桥路口。见青儿，吓得我，两鬓汗流。见娘娘，我只得，哀哀叩首。

此处的许仙完全是一个自私又胆怯的糊涂虫形象，这样的男人，亏了白素贞一片痴情。若苛责过分也不应当，毕竟许仙不是好莱坞式的铁血硬汉，一介弱书生娶了个蛇精回家，想来不后怕也怪。但无论如何，为许仙开脱是没有理由的。一日夫妻百日恩，何况那白娘子如此待他，而他竟然立刻要反目成仇，加害贤妻了！

所以现在的剧本是经过改造过的，许仙的内心是真挚的，只是性格上保持了一贯软弱和一丝糊涂。当小青拔剑欲杀他时，许仙魂飞魄散，吓得呆坐地上，连鞋子都飞出去了。现在的演法，演员大概技艺不到，鞋子不见飞出，不过许仙务必有个抢背，来个吊毛，冒些呆气，出个大丑。

此段情节也最宜入画，大约爱戏擅画的画家都曾在纸上"演"过。画里应该有许仙的恐，小青的怒，白娘子的怜惜、埋怨、嗔怪和无奈……入画却难画，也在于此。

野猪林

林冲短衣毡帽，披篷荷枪，出场便唱：

大雪飘，扑人面，朔风阵阵透骨寒。彤云低锁山河暗，疏林冷落尽凋残。往事萦怀难排遣，荒村沽酒慰愁烦。望家乡，去路远，别妻千里音书断。关山阻隔两心悬，讲什么雄心欲把星河挽。空怀雪刃未锄奸，叹英雄生死离别遭危难。

（白）俺林冲，自配沧州，在这牢营城中充当一名军卒，看守大军草料。唉，思想往事怎不叫人痛首！

满怀激愤问苍天——问苍天，万里关山何日返？问苍天，缺月儿何时再团圆？问苍天，何日里重挥三尺剑？诛尽奸贼庙堂宽！壮怀得舒展，贼头祭龙泉。却为何，天颜遍堆愁和怨？天啊天，莫非你也怕权奸？！

《野猪林》中这段老生唱腔常演不衰，词意多借鉴昆剧《宝剑记》，与剧中人物性格和人生经历相契，感人至深。

壬辰新年，我陪父母去长安大戏院看戏，夜阑人静，大雪纷纷。那天的演出刚好有这出戏，也算应景，表演者是李少春之子李浩天。李先生所唱，正是"大雪飘，扑人面"，神态韵味皆酷似乃父，虽气力偶有不足，但看得出用情用心，所以感染力仍然很强。他往舞台上一站，凝眸运嗓，就把人们带到了"风雪山神庙"前，气势撼人。

133

现在京剧舞台上常演的《野猪林》乃上世纪40年代由李少春改编并首演，为其代表作之一。而最早将《水浒传》中这段故事搬上京剧舞台的，是一代武生宗师杨小楼，杨小楼的林冲和郝寿臣的鲁智深曾享誉梨园。杨小楼此戏则是学自昆曲，明代李开先的传奇《宝剑记》有《夜奔》一折，1922年杨小楼在上海从盖叫天的亲戚牛松山那里学得《夜奔》的身段，回京后即排演成京戏《林冲夜奔》，唱的仍是昆腔。从杨小楼到李万春、高盛麟，一以贯之；而李少春、钱浩梁及于魁智等所演，是现在人们所见的这本。

《水浒传》所刻画的几个主要人物都极成功，而林教头尤为特出。林冲的悲剧命运令无数人感同身受、扼腕同情。凡人之一生，没有谁不经受挫折与磨难。当身处逆境，平日里说在嘴上、听在耳边的所有励志名言都化作梦幻泡影，如过堂风。这便是知易行难，也便是事到临头——事未发生或发生在别人头上，怎样都好说。一旦自己不幸成为主角，世界里便只有"朔风阵阵透骨寒"、"天颜遍堆愁和怨"。

人生之困难，其实常常无法解决；但人生之苦痛，却往往可以解脱。然而，解脱之道却有不同的方式。就像山神庙的那场风雪——在无事人眼里，真是大好风光，美景良辰；但在林冲心底，便只是增添愁色，无尽灰暗。彼时的林冲，并未知走出这场暴风雪之后，等待他的是何样的命运，所以只有"往事萦怀难排遣，荒村沽酒慰愁烦"。他以沽酒独酌打发光阴，以最消极的方式寻求解脱，在他的人生字典里，没有"积极"二字。他的被动使妻子蒙辱，他的被动让贼人猖狂；他被动地成为囚犯，被动地走上梁山，他在风雪中手刃仇敌也完全是一场被动的意外。

朋友鲁达与林冲则是鲜明的对比。花和尚也有他自己解决不了的难题，然而他活得潇洒，活得亮堂。他化被动为主动，积极和乐观的性情让他敢作敢为，也让他总是以最有效的方式赢得苦痛中的解脱。其实从始至终，鲁智深从没有为自己做过什么事，梁山好汉中只有他所做的一切全是为了别人。因为他抛却"小我"，成就了"大我"，直至圆寂，连肉身都超脱！

和鲁达一样，林冲也是个好人，他也凡事为别人去想，只是很难做到，即便去做，也是进一步退三步，回到自己划出的那个圈子中。可叹！终其一生，他也未曾走出那场暴风雪。

林冲夜奔　97×87cm　2013年

盗御马

庚寅夏末秋初，应中国书法家网站创办人齐玉新兄之邀，我与另外两位书法家朋友去唐山采风，头一天晚上当然是饮酒，大家借酒兴捋袖挥毫耍了一通。第二天一早，老齐神秘地说：我带你们去一个好玩的地方。我们问是啥好地方。老齐笑吟吟地：山清水秀，还有瀑布。一听瀑布，大伙立时有了精神，在北方这可是稀罕物啊。诗人路路也喊了两个朋友来，大伙开着两辆车，兴致冲冲开出唐山市区。

三个多小时的路程，沿路山崖峭立，高耸入云。有人说这山石多漂亮，古人的画法就这么来的，这就是"斧劈皴"啊！有人说这不是"斧劈皴"，是"马齿皴"。不管什么"皴"，确实可观。车最终停在一处僻静的山坳垭口，此地叫"双十井"，因风景如画，美其名曰"十里画廊"。自"画廊"继续跋涉前行，又走了两个来小时，两侧峭壁怪石，深潭飞瀑，草木荫天，直到豁然开朗——山谷出口正如陶潜笔下的桃花源，三两茅屋坐落平冈，这里的"隐者"——一位老人早已备好酒肴迎接着我们。

美酒野味让人大快朵颐，大家谈笑风生。旁边的笔墨纸砚，老者也事先备好，每人写上几笔，为其题作留念。站在屋外，面对四壁青山，我问老者："这样一个好地方，就没有什么历史典故？""怎么没有？"老人正色道，"我这里可大有来头，窦尔敦的连环套，您听说过没？"我说："当然啦！怎么？""这就是当年窦尔敦盗御马时藏马的地方！"

盗御马　　扇面　　2012年

窦尔敦，史上确有其人，原为反清农民义军首领，后其人其事经过改编虚造被写入小说《施公案》，窦氏成为占山为王的绿林大盗。京剧的勃兴正应着清朝统治者的扶持，所以在京剧中，更是有意淡化处理民族矛盾问题，化窦氏之民族大义为江湖中的个人恩怨，传统京剧《连环套》、《盗御马》都是讲窦尔敦和黄天霸之间的那些事。

论起来，窦乃黄的前辈，当年窦尔敦与黄天霸之父黄三太比武，遭其暗算而失利，遂来到连环套做了寨主。为报此仇，某日，窦尔敦盗取梁九公的御马，留名栽赃黄三太。殊不知"老黄"此时已作古，而"小黄"则受命搜捕盗马人。于是，黄天霸来到连环套拜见窦尔敦。窦在知其为仇人之子后却未加伤害，相约次日山下比武。正所谓夜长梦多，是夜，黄之友朱光祖盗走窦尔敦的双钩而留下黄天霸的钢刀。比武之际，朱光祖告诉窦，兵器乃天霸所盗，窦信以为真，感愧之下，交出御马，随黄自首。

京剧演出此戏，演员演的是"活儿"，观众看的是"乐儿"，没人管戏中人的是非善恶和命运人生。这就是中国的戏剧——你却不能由此批判中国人麻木不仁。中国的历史太长，历史不断翻拍重演，人们早已司空见惯，以至于分不清也不必去分清真实与虚构。历史的真实性与戏剧的艺术性之间，没有绝对明晰的界限。甚至，有时候，沉重的生活感驱使人们去相信并依赖艺术所营造的虚境。

再者说来，就算要探析人性，在《盗御马》这出戏中，我们原也看不到纯粹的"好人"与"坏人"，甚至看不见"小人"和"君子"。黄天霸走的是"白道"，为人工于心计，不管为公为私，出卖义兄，背弃江湖，投靠官府，为绿林所不齿。但他敢只身造访宿敌，并坦明心迹，颇具有礼有节的"公务员"范儿，至少显得堂而皇之，看起来不猥琐。窦尔敦纯属草莽英雄，"黑道"中人，江湖做派，号称行侠仗义，却也做栽赃陷害这类见不得人的勾当，而且杀个人、放把火，眼都不眨，虽是职业习惯，也归不得正面形象一路。如此说来，也难怪戏迷和观众只顾得喝彩鼓掌，并不计他们死活。

演窦尔敦其实极不容易。既要能唱，还要能念，更要能做，而且得能演出那股子草莽之气，绝不同于一般的铜锤和架子花脸。窦尔敦是京戏脸谱"蓝脸"的经典代表，蓝色在脸谱中寓意着勇猛刚烈，另一个典型是隋末英雄单雄信。窦、单二人，有着同样剽悍而悲壮的命运，千百年来，舞台之巅，犹能令人一叹。

珠帘寨

《珠帘寨》的故事背景乃历史上最混乱动荡的"五代"时期，主角是沙陀人李克用。细想起来非常有意思，同为开创改朝换代伟业之一代枭雄，汉末的曹孟德身负骂名，舞台上被抹成白脸；唐末的李克用却俨然正义化身，堂而皇之一副老生扮相。

李克用在戏台上初为"净"扮，谭鑫培以己之长改为"老生"，余叔岩、马连良等人纷纷仿效，后世从之，遂成定局。为艺术而不计历史，此为伶人之所能。

作为京剧名目，此戏经典唱段不少。其一是"数太保"，李克用向前来求援的唐朝使节程敬思炫耀武功：

贤弟抬头来观瞧，队队旌旗空中飘。大太保亚赛过温侯貌，二太保生来有略韬，三太保上山擒虎豹，四太保下海能斩蛟，五太保力用开山斧，六太保手持青龙偃月刀，七太保花枪真奥妙，八太保手持丈八矛，九太保他霹雳双铜耍得好，亚赛个秦叔宝，十太保双手能打火龙镖，十一太保虽然他年纪小，一个倒比一个高。哪怕那黄巢兵来到，孤与他枪对枪来刀对刀！

在这段唱词里，李克用手下的义子真的个个如狼似虎，为尽显其能事，几乎动员了史上所有的"超级战士"：吕布、关羽、张飞、秦琼……齐聚李氏

珠帘寨·数太保　扇面　2013年

麾下。事实也确乎如此。李克用的义子李嗣昭（义侄）、李嗣源，以及《珠帘寨》戏中收降的周德威，都是五代时期乃至中国历史上赫赫有名、智勇双全的大将。

这些精兵强将，不但击溃了黄巢的起义军，更进而威胁到末世唐朝的江山社稷，直接成就了"五代"之"后唐"的大卜。然而，人们好像并不埋怨李克用和他的"太保军团"，这正是李氏父子绝顶聪明之处。因为在李克用时代，直接取缔大唐而率先登基称帝的是臭名昭著的朱温。李克用便仍用唐"天祐"年号，以复兴大唐为名与宿敌朱温争雄。而且，李克用至死也未曾称帝，其子李存勖灭"梁"建"唐"后，方始追尊他为"（后）唐太祖"。这大概正是人们对其心存好感的缘由。

然则，观李氏父子之所为，何似三国曹氏父子。曹操、李克用俱不称帝，而曹丕、李存勖均迅速建国并追尊乃父。并且就连结局也雷同——曹氏天下很快落入密臣司马懿之手，最终由其孙司马炎变更为"晋"；而李家江山则归于李克用的另一个义子李嗣源，进而为李嗣源的女婿"儿皇帝"石敬瑭所窃取，改朝为"后晋"。

历史才是最伟大的演员，他最会开玩笑，最能演，变着花样去重复同一出戏，才不管你看厌了与否。而你却丝毫奈何不得，只能当个愚忠的观众，满脸赔笑，作壁上观。

如果计较"身后名"，那么显然曹操是远不如李克用幸运的。但这份幸运或不幸，也有赖于他们的敌手。李克用的宿敌朱温，是历史上的恶棍，口碑差到极点。而曹操的对手却是刘备，这位素以汉室皇叔自居并终于成功上位的草鞋贩子，不但有相当深厚的民间基础，草根人气，更英明地高举复兴汉代的旗帜。得民心者得天下，曹操遇见刘备，的确是他的悲哀。

而戏台上的李克用仿佛早已认识到了这一点。从下面这另一曲精彩的唱段中，我们好像得知，李氏对《三国》的人情账背得滚瓜烂熟，该学曹操还是刘备，他早心中有数。所以张开嘴来便唱：

昔日有个三大贤，刘关张结义在桃园。弟兄们徐州曾失散，古城相逢又团

珠帘寨·昔日有个三大贤　　104.5×58cm　　2013年

圆。关二爷马上呼三弟，张翼德在城楼怒发冲冠。耳边厢又听人呐喊，老蔡阳的人马来到了古城边。城楼上助你三通鼓，十面旌旗壮壮威严。

哗喇喇打罢了头通鼓，关二爷提刀跨雕鞍；哗喇喇打罢了二通鼓，人有精神马又欢；哗喇喇打罢了三通鼓，蔡阳的人头落在马前。一来是老儿命该丧，二来弟兄得团圆。贤弟休回长安转，就在沙陀过几年，落得个清闲。

这真是编戏人的歪打正着。戏剧里的李克用对唐室似乎是忠心耿耿的，所谓记恨因失手打死国舅段文楚而遭贬（实则是一起人为的兵变），所以才端着架子不出兵。而且戏剧把李氏刻画成一个"妻管严"，增添了诙谐色彩，这些无疑都过度粉饰了这位枭雄的本来面目。

至于戏中描写大太保李嗣源为程敬思支招求助二位夫人，才使大事圆满，更值得多说两句。历史上的李嗣源有两个身份，一是李克用的义子，二是后唐的继任皇帝（庙号明宗）。第二个身份才更重要——作为皇帝，李嗣源可以说是五代时期一位难得的明君，欧阳修编史赞其"为人纯质，宽仁爱人"、"不迩声色，不乐游牧"。然而这些优点对于"演艺界"来说，却不啻灭顶之灾：

自初即位，减罢宫人、伶官；废内藏库，四方所上物，悉归之有司。（《新五代史·后唐明宗本纪》）

李嗣源不遗余力打击伶人，后世伶人却早已遗忘，将他的故事演绎得津津有味，也算多少有点讽刺。而李嗣源之所以这样做，除本人的性格品质之外，更有外因，便是前任皇帝庄宗耽于声乐之鉴。

后唐庄宗李存勖，乃李克用长子，此人可谓人杰。不但相貌奇伟，智勇过人，而且文武双全，然而最神奇的是他的兴趣爱好竟是戏曲音乐，据说还能自度曲。史称他：

善骑射，胆勇过人，稍习《春秋》，通大义，尤喜音声歌舞俳优之戏。

（《新五代史·后唐庄宗本纪》）

这样一位英才，当上皇帝之后却好像变了个人，再无战场上的神勇英姿，整日沉湎于声色犬马之中，重用伶人，辱杀大臣，引得众叛亲离，终于断送了自己的性命。说来还是那句老话，性格即命运。一个人太有才能便易过于自信，太过自信便易陷于偏执，陷于偏执就有危险。当年，李克用的爱将周德威，正是因李存勖的"冒险主义"而死。

李存勖这个真正热衷戏曲的大人物，戏里却没有他的份儿。而周德威是有的，便是所谓"十二太保"。《珠帘寨》收尾处，小生李嗣源斗他不过，老生李克用与武净周德威一通对打，直至李克用显示绝活，一箭双雕，才征服了这员虎将。

当年，海上"冬皇"孟小冬唱的"三大贤"已成绝响。己丑年新春，在梅兰芳大剧院，当代名家赴台预热演出，精彩绝伦。"杨派"传人张克饰李克用，黄金甲，挂白满，一曲"数太保"余音绕梁，三日不绝。

三家店

《三家店》又名《秦琼发配》，也称《男起解》。戏中秦琼这段"西皮流水"脍炙人口，为经典中的经典：

将身儿来至在大街口，尊一声过往的宾朋听从头：一不是响马并贼寇，二不是歹人把城偷。杨林与我来争斗，因此上发配到登州。舍不得太爷的恩情厚，舍不得衙役们众班头；实难舍街坊四邻与我的好朋友，舍不得老娘白了头。娘生儿，连心肉，儿行千里母担忧。儿想娘亲难叩首，娘想儿来泪双流。眼见得红日坠落在西山后，叫一声解差把店投。

京剧里男、女起解并称，唱段都朗朗上口，优美动听，可以说都是京剧"入门级"首选代表曲目。学"老生"就打《三家店》入手，唱"青衣"就从《女起解》开始，曲式简单，篇幅精练，是唱段中的小品，容易学，不过真正要唱好也难。

《三家店》这出戏唱段好听，但故事无甚精彩，也没什么思想性可言，皆由《说唐》、《隋唐》等演义小说敷衍而来。讲秦琼因私放程咬金、尤俊达而惹怒靠山王杨林，杨林命义子王舟往历城提解秦琼至登州审讯。途中夜宿三家店，秦琼于感叹中道出表弟罗成之名，王舟乃罗成义弟，于是尽释前嫌。此时瓦岗寨程咬金等人命史大奈前来探询秦琼消息，于三家店相逢，三人计

三家店

138.5 × 48.5cm

2013年

议，共约中秋之日集聚登州解救秦琼。所以《三家店》之后紧跟着上演《打登州》，两出戏常合演，而单演则以《三家店》居多。

秦琼这个历史人物，身为武士，在中国民间的知名度与美誉度大概仅次于三国时的关羽，二人皆以其"义"为世人所重。而关老爷由于被过度"圣化"，秦琼显然要更接"地气"一些，虽然他也被尊为"门神"——千门万户，终还是和老百姓在一起。

有趣的是，历史上的秦琼、小说中的秦琼以及戏剧舞台上的秦琼三者明显有别，各具特色，如果不是"义"以贯之，简直判若三人。小说秦琼最为深入人心，所谓"才奇海宇惊，谊重世人倾。莫恨无知己，天涯尽弟兄"，仗义疏财，广结善缘，好比《水浒》里的及时雨宋江一般。而他的武艺，便是善使一对鎏金熟铜锏。在《勇秦琼舞铜服三军》一回中，罗艺先是观秦琼舞铜，上下皆赞；继而又见其耍枪，文中写："罗公暗暗点头道：'枪法不如，此子还可教。'"

而历史上的秦叔宝，最得力的兵器却是枪，铜或许也是用的，但只作辅材而已。真实的秦琼，武功大概比小说演义中要更为强悍。试看唐人所记：

> 秦武卫勇力绝人，其所将枪逾越常制。初从太宗围王充于洛阳，驰马顿之城下而去，城中数十人，共拔不能动，叔宝复驰马举之以还。迄今国家每大陈设，必列于殿庭，以旌异之。（《隋唐嘉话》）

至于舞台上的秦琼，因唱老生，所以背双铜，挂黑三，一袭黑衣小打扮。如历史上威武大将军那般全身披挂扎硬靠者，秦琼戏中极少见。秦琼于沙场驰驱时，不过二三十岁青年勇士，到了戏台之上便俨然垂垂老夫，此又非戏剧艺术之外之事理可规模也。

法门寺

《法门寺》的故事情节乃《拾玉镯》之延续，二折合为《双姣奇缘》。《拾玉镯》演青年傅朋偶遇少女孙玉姣，以一只玉镯为信物相引，玉姣的邻居刘媒婆目睹整个经过，遂为二人牵线搭桥。

《拾玉镯》之后，刘媒婆向孙玉姣索来绣鞋，以作为回赠傅朋之信物。不料刘媒婆之子刘彪知情后，竟持鞋讹诈傅朋。其叔刘公道乃当地的地保，于是将刘彪"劝"走，为此刘彪对傅朋和刘公道怀恨在心。入夜，刘彪摸进孙家欲行不轨，恰遇玉姣之舅父母共室。刘以为是傅朋和玉姣苟合，妒心顿起，将二人杀死，把人头弃于刘公道家的后园以嫁祸于人。刘公道惊吓之下将人头投入枯井，但为雇工宋兴儿所见，遂将宋兴儿推入井下灭口。

命案一出，县令赵廉开始追查。傅朋成为嫌疑犯，屈打成招，与玉姣同被收监。刘公道畏罪诬告宋兴儿为盗，赵廉乃捕宋父及宋巧姣。宋巧姣在狱中表示愿为傅朋伸冤，傅朋将另一只玉镯相赠。巧姣出狱后，刚好皇太后携大太监刘瑾到法门寺降香，于是巧姣鸣冤告状。《法门寺》一出好戏才正式上演。

此桩冤案最终能得以清白，主导人物其实是皇太后，但这"戏"却被刘瑾抢了去。如果不是皇太后责令刘瑾细察此案，依刘瑾的脾气，早把喊冤的宋巧姣"拖出去砍了"。作为明代臭名昭著的大太监之一，刘瑾与其他太监七人号称"八虎"，而刘乃"八虎"之首。司礼监刘太监专权跋扈，摧残大臣，杀人如刈草芥。以至于后来其他几"虎"都忍耐不了，向正德帝揭发刘瑾十七罪状。但正德依然纵容，直到在其家中搜出兵器、伪玺等禁物，并随身折扇内藏匕首（不过这些"宝贝"或当为人"陷害"所预置），帝大怒始知"奴果反趋"！遂杀之。

这样一个恶奴，因为在此戏中到底问清了一桩命案，被大加称颂，而揉了红脸。正如《脸谱钩奇》注云："刘瑾勾红色太监脸，红色象征养尊处优，讽刺刘瑾平生只做过这样一件好事。"刘瑾责令赵廉复查，终于真相大白。复审后，斩刘彪、刘公道，太后传旨，以孙、宋二姣赐婚傅朋，该戏乃以喜庆结局。

《法门寺》一戏，情节曲折，人物多样，是京剧中难得的集生、旦、净、丑于一台且各自精彩的好戏。除老生赵廉、净刘瑾、旦角双姣之外，刘瑾身边的丑角小太监贾桂也特为醒目。贾桂读巧姣呈上的状纸，二百多字一口气念完，念白顿挫淋漓，正是丑角看家本领，为全戏添彩。当年萧长华演此角尤精，其言行神色间，将古今小人见风使舵、谀上欺下的丑恶嘴脸表达得入木三分。

法门寺　　77.5×63cm　　2013年

将相和

　　《完璧归赵》、《渑池会》和《廉颇负荆》原为三个单本老戏，历来很少演出。20世纪50年代翁偶虹等人根据上述三剧合编成新本《将相和》，一时间，马连良、李少春、谭富英、袁世海和裘盛戎等名角竞相上演，遂成一出新经典。

　　"负荆请罪"的故事为人们所熟知。经过"完璧归赵"和"渑池会"后，强秦不敢轻视赵国，而"以相如功大，拜为上卿，位在廉颇之右"。身经百战、功勋卓著的老将廉颇自然心中不平："相如徒以口舌为劳，而位居我上，且相如素贱人，吾羞，不忍为之下。"

　　廉颇不平的缘由有二，一是"口舌"，二是"出身"。这种"不平"实在情有可原，从古至今并不鲜见。"纵横家"如苏秦、张仪之辈从来没有给人留下什么好印象，就是因为他们"徒以口舌为劳"；而三国时期刘备"三顾茅庐"，张飞三番五次表达对诸葛的不满不屑，"量此村夫，何足……"云云，和廉颇的"素贱人"如出一辙。

　　"口舌"容易惹人反感，"出身"问题也常横在面前。然而这两样东西本不该成为客观审视某人的成见和桎梏，尤其当对方已经做出了不起的成就之时。但蔺相如的伟大，却不止于此，他能"位在廉颇之右"是因为他的思想境界先已位居其右。廉颇每欲辱之，而蔺相如始终退让。每当路上相遇，蔺相如也总"引车避匿"，最后连手下人都看不过去，于是对相如抱怨质疑，而相如

将相和

将相和　　69.5×69.5cm　　2013年

以一番话解开了谜团。

相如曰："夫以秦王之威，而相如廷叱之，辱其群臣；相如虽驽，独畏廉将军哉？顾吾念之，强秦之所以不敢加兵于赵者，徒以吾两人在也。今两虎共斗，其势不俱生。吾所以为此者，以先国家之急而后私仇也。"廉颇闻之，肉袒负荆，因宾客至蔺相如门谢罪。卒相与欢，为刎颈之交。(《史记·廉颇蔺相如列传》)

可见，蔺相如是不凡的，而廉颇也不凡。二人俱有胸怀，识大体，能容人，所以都无愧于"将相"之名。正如剧中二人结局处的对唱："从今后，将相和，国富民强！"廉颇和蔺相如，一个是净，勾老白脸，挂白满；一个是老生，挂黑三。

穆柯寨

《穆柯寨》、《穆天王》、《辕门斩子》和《大破天门阵》四个折子戏合起来便是《穆桂英》。穆桂英这位传说中的杰出女性，经过评书、演义和戏曲在民间的广泛传播而家喻户晓，更有好事者将其与花木兰、樊梨花和梁红玉并称为"四大巾帼"，其实这些女将多为人们夸张、渲染或虚构。历史上唯一被正史记载的巾帼英雄大概只有明朝末年的秦良玉，惜乎文艺作品着墨不多，以致湮没无闻。

不过探讨穆桂英们是否确有其事其人并无意义。花木兰也好，穆桂英也好，都是一个符号，一个象征，是那些"不让须眉"的巾帼的代表，这就足够了。

穆桂英和杨宗保沙场初相见，刀光剑影里竟迸发出温柔的爱情，这种特别的浪漫不是谁都能感受和想见的。演义和戏曲站在正统的角度，总是为杨宗保辩护，说他是想到与穆桂英成亲对家国有利才动了念头，如此一来不免虚伪薄情——就承认是因为爱情有什么不好？至于老公公杨延昭就显得更为"功利"，为了一块传说中的"降龙木"向未来的儿媳投降。小说毕竟是小说，戏剧只是戏剧，同样较不得真。

所以戏台上，刀马旦穆桂英和武生杨宗保对打，观众看的只是热闹而已，因为明知二人"有戏"，枪来枪往也终究是眉来眼去，毫无紧张情绪。

"四大名旦"中除了程砚秋，其余三人都演过穆桂英，至于王瑶卿，更是为此角色倾注不少心力。传统中穆桂英的戏，主角为刀马旦，纯以念白、功架和小开打为主。20世纪50年代后，为突出爱国主义精神，体现人物内心世界，转而偏重强调唱工，基本变成青衣戏了。

穆柯寨　　117.5×69cm　　2013年

长坂坡

　　《长坂坡》是一出大武生戏,历来京剧名家如谭鑫培、杨小楼、李春来、盖叫天、李少春、高盛麟等等,演此戏者甚多。该戏以赵云为主角,赵云是人们耳熟能详的三国人物,在戏剧舞台上出现频率也极高,但却很少有以他为主角的剧目,除了这出《长坂坡》。

　　长坂坡的本事,正史及小说均有载录。小说《三国演义》毋庸赘述,"赵子龙单骑救主"的英勇事迹早被渲染得气贯山河,而正史所载,则颇简略:

> 及先主为曹公所追于当阳长坂,弃妻子南走。云身抱弱子,即后主也,保护甘夫人,即后主母也,皆得免难。(《三国志·蜀书》)

　　在演义小说里,长坂坡英雄赵子龙一战成名。少年将军怀抱幼主,一手宝剑,一手长枪,左劈右刺,横冲直撞,所向披靡,血染征袍,此一役下来"杀死曹营名将五十余员"。小说为求故事好看,固然是极尽夸张之能事,但乱军之中,赵子龙保护妇幼而安然脱险,断非等闲之辈所能。

　　作为蜀军营中"五虎上将"之一,赵云排行最末,有人或谓不公,实则应算允当。回顾子龙将军平生,几乎"无役不与",而且"哪里需要哪里搬",但在关键性的重大战役中鲜有突出建树。虽杀敌无数,枪下却并无货真价实的"名将",多是些二三流的角色。相比之下,老将黄忠,虽则露脸时间不多,但

长坂坡　　172.5×69cm　　2013年

一战即斩曹魏大将夏侯渊，威震华夏。

其实，赵云的优势不在彪悍，而在稳健。历史上的子龙将军，可能不如演义中那样势如破竹、锐不可当，但却老成持重、理性沉稳，所以在军中威望如山，且能得以善终。智慧超人如孔明者，即便在舞台上用"空城计"，也不过是虚张声势，吓退敌兵而已，赵子龙却真实地导演过一场比之精彩十倍的"空城计"。《三国志》注中赵云《别传》载：

公（曹操）追至围……云入营，更大开门，偃旗息鼓。公军疑云有伏兵，引去。云擂鼓震天，惟以戎弩于后射公军，公军惊骇，自相蹂践，堕汉水中死者甚多。先主明旦自来至云营围视昨战处，曰："子龙一身都是胆也。"

此处赵云所用"空城计"，不但吓退曹军，且反败为胜，追杀敌兵甚众。倘史载为真，赵云不但智勇双全，其智识简直可与军师媲美了。所以事后刘备赞叹："子龙一身都是胆！"

贵妃醉酒

　　在大多数情形下，"醉"在中国文化里是个优雅的字眼。"醉"能令文学和艺术通神，文学艺术也热衷于表现"醉"意。仅就戏而言，"生"有《太白醉写》，"旦"有《贵妃醉酒》，"净"有《醉打山门》。

　　而这"醉写"、"醉酒"和"醉打"，又恰恰充分表现出了生、旦、净三种角色之鲜明的个性差异和情感特征：一个儒雅俊逸，一个妩媚风情，一个痛快淋漓。

　　单说"醉酒"。京剧名段《贵妃醉酒》为"梅派"代表作，纤秾精丽，活色生香，载歌载舞，极尽奢华，好比温飞卿、韦端己之辈的"花间词"，宛如宫廷画师浓墨重彩的小品画。

　　该戏折滥觞于昆曲《醉杨妃》，内容即敷衍白氏《长恨歌》所颂明皇、玉环爱情本事，但不重于叙事，也不表达思想，乃专于刻画人物的心理和抒情，表现杨贵妃因一时失宠而流露出的嫉妒、羞愤、放浪和苦闷。

　　开场，杨贵妃的一曲浅吟低唱，可谓家喻户晓，耳熟能详：

　　海岛冰轮初转腾，见玉兔，见玉兔又早东升。那冰轮离海岛，乾坤分外明。皓月当空，恰便似嫦娥离月宫，奴似嫦娥离月宫。

　　这段【四平调】为京剧中的珍品。论戏词，稍觉平庸；论唱腔，则流宕多姿；论做派，更是婉转生情。此剧经梅兰芳倾心锤炼，繁极入简，举重若轻，遂成艺术杰构。剧中的贵妃三次饮酒环环相扣，层层深入：掩袖啜饮、随意畅饮、一饮而尽——饮者的心理和情感变化由此生发，观者一目了然。而配合的身段动作，繁复而精练：衔杯、卧鱼、醉步、扇舞，难度极高却如行云流水，一气呵成，让人叹为观止。

作为传统京剧的保留剧目，《贵妃醉酒》可谓历史悠久。早期演此戏负盛名者，首推一代花旦名伶路三宝，路氏今人多不识，但确实不该被遗忘。"四大名旦"中的梅、尚、荀都曾从路三宝学习花旦，而三人的《贵妃醉酒》也皆由路传授而来。只不过梅氏为之煞费苦心，精雕细琢，遂使此戏成为梅派经典而得以不朽。

梅氏成就了"贵妃"，"贵妃"也成全了梅氏。只有梅兰芳华美的唱腔和舞姿才最令此戏生色增辉；反之，观《贵妃醉酒》一出戏，亦足以窥"梅派"高贵气质之神髓。

贵妃虽为美女，其身份显要，其情其景特殊，故不应似寻常女子之于花前月下那般细腻纤柔。我画此戏遂以浓墨重彩，粗笔勾之。戏词另书一纸于耳付扇面，置画面之上，呼应贵妃卧鱼娇首之态，或如"皓月当空"然。

贵妃醉酒　　55.5×34cm　　2012年

霸王别姬

剧中项羽叹曰："咳呀妃子，据孤看来，今日是你我分别之日了！"摔杯离座，乃歌诗："力拔山兮气盖世……"虞姬于是舞剑悲歌："劝君王饮酒听虞歌，解君忧闷舞婆娑……"舞毕按剑拄地，"表现虞姬精神上已支持不住，这是全剧精华之处"。

《霸王别姬》乃当日楚汉之争历史的重现，它选取了四面楚歌之际霸王与虞姬之间生死别离的一个画面，足发人千古兴叹。史载：

项王军壁垓下，兵少食尽，汉军及诸侯兵围之数重。夜闻汉军四面皆楚歌。项王乃大惊曰："汉皆已得楚乎？是何楚人之多也！"项王则夜起，饮帐中。有美人名虞，常幸从。骏马名骓，常骑之。于是项王乃悲歌慷慨，自为诗曰："力拔山兮气盖世，时不利兮骓不逝。骓不逝兮可奈何？虞兮虞兮奈若何！"歌数阕，美人和之。项王泣数行下，左右皆泣，莫能仰视。（《史记·项羽本纪》）

项羽的悲剧命运皆因其性格缺点所致，却至死不悟，自叹"天亡我，非用兵之罪也"，连司马迁都看不过去，评曰："岂不谬哉。"虽然如此，悲壮的霸王和无辜的虞姬却赢得了世代人的怜悯与同情，舞台之上身影闪烁，歌舞不息。

项、虞之事见诸戏剧，采自明代传奇《千金记》中《别姬》一折。民国

霸王别姬　　50×53cm　　2010年

初，全福班、仙霓社常演《鸿门》、《别姬》、《乌江》等折。京剧迨始于杨小楼和尚小云，二人所演《楚汉争》当由昆曲《千金记》改编而来。后来杨小楼又与梅兰芳合作，定名《霸王别姬》，添加了虞姬舞剑的情节，旦角戏份加重，反夺霸王之势，虞姬成为主角，霸王戏遂成"梅派"旦角戏。

再说霸王，在昆剧中，项羽由正净扮，位列"八黑"之首，霸王实当以净扮方显英雄本色。然杨小楼乃以武生扮项羽，不足扬霸王之气。京剧中演霸王首座，仍推金少山，"金霸王"之号铿锵四海，无人过之。金之净唱，声若黄钟大吕，气势磅礴，武生远不可及。

京戏行当，我始终以老生为第一，取其深沉内敛，醇厚中庸，岿然不动而有万物并作之势，分量无与伦比，譬如"太极"；次则正净与青衣，二者一乾一坤、一刚一柔，譬如阴阳"两仪"；再次则生、旦、末、丑、架子花等等好比四象五行八卦之类，其中绝不乏杰出艺匠，但以行当论，终非正道主流，难担大纲。纵然担当，全戏之分量感亦不足重。

四郎探母

　　《四郎探母》这出戏的内涵实则远大于"探母"本身——小家、大家到国家，亲情、人情和爱情，都紧锣密鼓地编排在"快马加鞭一夜还"的短暂时空里，交织于两军对垒、剑拔弩张的复杂背景下。

　　该戏是一出著名的生、旦唱工戏，首场《坐宫》，几乎涵括了西皮唱腔的全部板式，时常单演。开场，老生上引"金井锁梧桐，长叹空随一阵风"，京剧唱词中运用近似诗歌"比兴"的表现手法烘托现实及心境，此算难得一例。四郎自陈思母怀乡之心曲后，公主怀抱阿哥登场。二人对话，开始时轻松、平静甚至带几分诙谐，待到四郎自报家门，公主闻言变色，对唱急转直下，节奏加快，板式纷呈，高潮迭起。这也类乎诗歌的节奏感，对人物情绪的拿捏把握细腻而精准，重视调动并协调读者（观众）的心理变化和阅读快感，非常讲究内在的艺术性。

　　以人情说人世，以人事动人情，是此戏最成功之处。《坐宫》一场以表现夫妻情为主。若说世间情事，以夫妻情最亲密，也以夫妻情最单薄。

　　拿古代社会来说，男女结合，全凭父母之命、媒妁之言。先结婚后恋爱，有婚姻无恋爱，都是常态。人们却也习以为常，纵无恋情，婚姻依然稳固可靠，所依托的是背后两个家族的交往与背景，是人伦纲常之孝道。而在当代社会，则反之。男女自由恋爱，时机成熟则婚，不成则免。先恋爱后结婚，结婚后无恋爱，也是常态。一旦爱情消褪，进无战果可攻，退无家法可守。于是，当代离婚率频高，势所必然。

　　杨四郎与铁镜公主成亲，乃萧太后之命。萧太后是个眼里揉不得沙子的人，她选中"木易"为驸马，自是因他一表人才。作为杨家将的四郎，置忠孝大义于不顾而委身番邦帝国，"时不利兮"不过是原因之一，大概更关键的理由是他和铁镜公主确有了感情。二人才貌相当，情投意合，杨四郎舍大家而取小家，也便情有可原，况且他从未反戈相向自己的家国。终究是两个民族间的政治斗争，杨家已披肝沥胆，倾其所有，四郎匿敌国而得以全身苟活，其心愧恨，何必苛责。

　　作为"倒插门"的女婿，近有妻儿，远有高堂；心牵故国，身在异乡，四郎之心何其哀哉！他在辽国栖身十五载，"岭外音书绝，经冬复历春"，所凭仗的只是他与铁镜公主之间的那点夫妻情。所以当四郎向妻子表露心迹时唱"我和你好夫妻恩德不浅"，自是心里话。如果没有感情，四郎岂敢公开这压在心底十数年的秘密？幸运的是，他的妻子也是爱他的。对于铁镜而言，一方面愿意帮助丈夫完成心愿，另一方面却又担心从此失去自己的爱人。作为辽国公主，铁镜是强势的；可作为女人，她又是脆弱的。

　　亲密，以至于无间；遥远，好似在天边。这就叫爱情。

　　好在古人畏天命，重誓言，有信仰。于是，四郎与公主互命盟誓，步步紧逼，小心试探，此时此刻二人身边的空气紧张得一点即燃。

　　（公主）你那里休得要巧言来辩，你要拜高堂母我怎阻拦？

　　（四郎）公主虽然不阻拦，无有令箭怎过关？

　　（公主）有心赠你金鈚箭，怕你一去就不回还。

　　（四郎）公主赐我金鈚箭，见母一面即刻还。

　　（公主）宋营离此路途远，一夜之间你怎能还？

　　（四郎）宋营虽然路途远，快马加鞭一夜还。

　　（公主）适才叫咱盟誓愿，你也对天与我表一番！

　　当四郎跪地盟誓，唱道"我若探母不回转……"公主立刻下意识地追

四郎探母　　扇面　　2012年

问："怎么样呢？"四郎答曰："黄沙盖睑尸骨不全！"公主随即恢复常态接道："言重了！"而后面这句独白才是其心内的真实写照："一见驸马盟誓愿，咱家才把心放宽。"如此，二人一番忽而上天、忽而落地的"暗战"才告收官。

　　大约庚寅年夏秋，北大上演由迟小秋领衔的全本《四郎探母》。此戏历来各家各派均热衷上演，但相对而言，"程派"似较为少见。

李逵探母

　　无论古今中外，母爱都是永恒的主题。京戏经典剧目《四郎探母》、《李逵探母》都以"探母"为题，然杨四郎之探母，被有意淡化于民族和谐的大氛围背景下，情绪刻画似显不够充分；李逵之探母，大喜而来，大悲而去，亲情的炽烈、悲剧之张力都纯粹而突出。

　　《李逵探母》取材于古典名著《水浒传》，由于细节的描绘、戏词的渲染和唱腔的设计安排都极具匠心，可以说取得了比施耐庵原著更为动人的艺术效果。母爱是天底下最纯正无私之爱，精于艺理者，只要借此稍加点染便易得生花之妙，最富感染力。

　　每次看这出戏，我都忍不住潸然。某年冬天在梅兰芳大剧院，欣赏赵葆秀和杨赤二位先生珠联璧合的表演，随着演员的举手投足，一唱一念，尤其是"李母"那段经典唱腔响起，每个观众的心都被抓住了，不由得"今日又涟涟"：

　　铁牛孩儿回家转，泪虽干今日又涟涟。自从娇儿你离家园，为娘时刻就挂在心田。哪一天不哭你几百遍，哪一夜不哭儿到五更天。哭来哭去哭坏了眼，海水流干我泪也不干。到如今儿对面我看也看不见，眼泪流干才转家园。儿啊！这几载谁为你做茶做饭，哪一个为你缝缝连连，哪一个经管你冷和暖，哪一个好心田劝我儿你改变性情转回家园。只说母子难相见，铁牛我的儿！纵然我看不见，我也喜在心间。

这段唱腔，李母由"反西皮二六"转"西皮二六"再转"快板"，似云卷长空、山涧激水、决堤之流，势不可遏，母子之间的亲情被表达得酣畅充沛，淋漓尽致，令听者闻之动容，心潮浪滚。

中国传统艺术的各个门类本质上都是相通的，都符合一以贯之的"道"：戏剧的唱念做打、书法的提按翻转、文赋的起承转合、古诗的赋比兴、古琴的劈托勾抹……正是这种难以名状的节奏、情感和思绪的交融作用，让观者产生心理共振，为之悄然变色，这大概就是所谓艺术的力量。

更何况，此戏所演的是母子情——这世间最伟大、最纯粹、最真实、最宝贵的情感。母亲对子女的爱，是尽人皆知的世间最无私真挚的付出。儿女所报答之爱，万不能及其一。虽然如此，也依然非其他任何情感可比。爱情同样可贵而美好，但有所偏狭，不够坦荡博大，与母爱相比，也少了几许无私。

古语云："老吾老以及人之老。"通俗地说，就是将心比心。古人连外人的父母都要做到尊敬和关爱，当世的年轻人却常常对家中的长辈心怀不满。"孝道"尚且式微，世风日下何怪之有？

最早演出此戏的，是著名架子花袁世海和老旦名角李金泉，剧本乃由翁偶虹与袁世海根据老戏《沂州府》和《闹江州》改编。袁世海的李逵和李金泉的李母，一如现实中的母子相逢，舞台形象真切鲜活，声情并茂，催人泪下，深入人心。

李逵探母　　39×39cm　　2013年

打渔杀家

《打渔杀家》这出戏名头很响，然若说无足称道似嫌太过，但委实乏善可陈。

故事讲草莽老英雄萧恩父女，平素在江湖打渔为生。当地土豪丁员外倚仗权势，勾结官府，无恶不作，强收渔税。梁山好汉李俊和倪荣素与萧恩交好，时与相会，同舟饮酒。丁府帮闲郭先生在此经过，见萧女桂英美貌，回报丁员外，遂遣家奴丁郎来索讨渔税，被李俊、倪荣轰走。丁府复派教师爷率众前来武力催讨，但被打败落荒逃归。萧恩恐官府问罪，便先赴州衙控诉，州官早受丁贿赂，将其杖打逐出。萧恩决意往丁府拼死报仇，命桂英自携其与花荣之子花逢春订婚聘物"庆顶珠"投奔花家，桂英不肯，乃同老父同赴丁府，假作献珠求恕，趁其不备，先发制人，将丁府全家杀死而去。

故而此戏原名《庆顶珠》，亦名《讨渔税》。税本属国家权利，丁府以地方土豪而能坐收渔利，可见是当地顶级恶霸与黑社会，连被国家收编的梁山"集团"这等前一号黑道势力的"余寇"都奈何不得，作为剧中反面角色自是"名至实归"。然而此戏演萧恩父女将其灭门，虽则"大快人心"，未免矫枉过正，实失人心。

若说"官逼民反"，此戏确有些许这种意味，对于仗势欺人及欺人太甚的行径当有警示意义，对于在苦海中沉浮挣扎的草根贫民也有释怀蠲忿之效果。但该戏终究还是似是而非，文过其实。一来，丁家并非官僚，至多是

打渔杀家　　扇面　　2012年

无良的"资本家",并没有完全的代表性;二来,萧恩父女的个人行为尚上升不到农民起义的高度和人民反抗暴政的层面。所以,《打渔杀家》无非是渲染和呼应某些人"以暴制暴"的暴民情绪,于大局则弊大于利,于个体亦无所益。

思想精神之外,于戏剧内容本身而言,也嫌其情节拖沓冗长,角色无甚个人魅力,扮相也无太多吸引力。但若说一无是处,当然不公。人们看戏,于老百姓而言,无非看个热闹而已,不是每个人都一定要去思考那么多。舞台上,刀光剑影,争来斗去,夹杂些插科打诨,倒也不失俗趣,何况又能宽慰我们虽脆弱卑微却幻想胜利强大的心理,阿Q之"精神胜利法",此之谓也。

再则,此戏也颇入画。林风眠画过,关良画过,喜欢看戏的画家也许暗地里都悄悄画过也未可知。父女俩,摇橹撒网,泛舟河上——此等画面,若不计剧情,大可以"渔家乐"视之;若寻心底事,则真如庄子谓:"相濡以沫,不如相忘于江湖。"

龙凤呈祥

　　《龙凤呈祥》一出，过去乃堂会演出必备，现在仍为节日戏台首选，盖因其取名吉利，大家都讨个彩头。此戏不过是老戏《甘露寺》、《回荆州》两出联排，演三国时刘备赴东吴娶得孙尚香之美事。

　　甘露寺处江苏镇江北固山之上，因建于吴乌程侯甘露元年（265）而得名。孙、刘联姻乃汉献帝建安十四年事，早于东吴称国五十年，所以《甘露寺》的故事只是小说和戏剧里的虚构。至于如今戏中的主角乔国老，在历史真实中更是不曾有什么用武之地。但这些都毫不影响戏情之真——孙权嫁妹是真，欲施"美人计"也是真；刘备迎娶是真，"将计就计"如履薄冰之状也是真。

　　刘备领荆州牧之后，"权稍畏之，进妹固好"（《三国志·蜀书·先主传》），孙权将其妹嫁与刘备，倒并非像戏中所演欲置之于死地，而是为了巩固孙刘联盟。而刘备表面欢喜，心内却自是不得不防。史书上描写了一段小情节，可供参照：

　　权以妹妻备。妹才捷刚猛，有诸兄风。侍婢百余人，皆执刀侍立，备每入，心常凛凛。（《资治通鉴》卷六十六）

　　试想，这一群手持钢刀的娘子军每日里在宅中"伺候"，让刘当家的如何安生？注者云："恐为所图也。"绝非刘皇叔以小人之心度君子之腹，非常年

177

代，非常人物，非常时期，一切皆有可能。

　　至于戏中的刘皇叔和孙公主，却倒是实实在在地过起了王子和公主那般童话里的幸福生活，让孙仲谋先生结结实实地吃了个哑巴亏，赔了夫人又折兵。戏中的孙权被勾了水白奸脸，以示其心怀不轨，只因人们以蜀汉为正统，且有关二爷这位神级偶像在列，其他阵营之三教九流便都不算数，委实不公。实际上，三国时期的曹、孙、刘皆非奸恶之辈，权谋法术乃政治斗争必需之常规手段，不能因此以奸诈论，三者人中龙凤，确堪称天下英雄。

　　戏名"龙凤呈祥"倒也恰如其分。其实，若单说蜀国之中，便有现成的"龙凤"——"卧龙"孔明和"凤雏"庞统，皆归于蜀。倘若编排这样一出戏来，是不是也可呼此名？不过，两个老生唱一台戏，大概与人们心里的"龙凤呈祥"很不契合，还是作罢。

龙凤呈祥　　扇面　　2012年

武松打虎

当年求学杭州时，常骑着自行车四处闲游，某次行西山路上（现恢复为杨公堤），忽见路旁山坡一处墓址，幽深肃穆。墓前石牌坊有黄宾虹手书"学到老"，两侧为吴湖帆撰题之楹联："英名盖世《三岔口》，杰作惊天《十字坡》。"原来是盖老安息之所。

盖叫天，原名张英杰，武生大师，河北人，一生主要活跃于沪上，因擅演全本武松戏，故有江南"活武松"之誉。盖叫天的武松戏，糅合了昆曲和板腔，加上他最精擅的武打动作和身体语言，演起来精气神俱足，观之令人神爽，遂自成一家。

《武松打虎》的本事自然出于《水浒》，不必赘述。京戏里除盖氏一派，另有一本宗李万春。李氏武松却是源自沈璟的《义侠记》，其中《除凶》一折便是演打虎之事，所唱乃昆腔曲牌，唱词也多据原作改编而成。李万春演武松，其意在酒，故特突出"醉打"之态。而盖叫天"打虎"，重点在英雄气，剧中亦无武松酒店豪饮之情节。

再说武松。《水浒传》里的打虎英雄有好几个。李忠空有一个绰号而已，解氏兄弟为填饱肚皮，李逵一时怒起而报仇雪恨，武松跟老虎则完全是萍水相逢，激情邂逅，顺便还为民除了害。正是这后一点，让武松成为"美貌与智慧并重，英雄与侠义的化身"。

孔子说"仁者不忧，知者不惑，勇者不惧"，其侧重点还是在于"仁"。孟

武松打虎　　70×47.5cm　　2010年

子说"仁者无敌"，把孔子对仁勇的褒扬更推进一步。得道多助也好，失道寡助也罢，一身正气也好，风生水起也罢，仁义之勇才是真正之勇，匹夫之勇素来为中国人所不屑。

　　所以孔子还有一句是"知耻近乎勇"，这句话的意思不是说懂得羞耻就意味着勇敢，而是要反过来去理解，是为了说明"勇"这一品质的内在规定性，即首先要有仁义廉耻之心。《义侠记·戏叔》一折，武松怒斥潘金莲"丧心"，便足可见打虎英雄武松是真"勇"者。盖叫天人品亦高，"德艺双馨"之称受之无愧，所以能演出武松之魂。

昭君出塞

　　《昭君出塞》这出戏及其历史典故都毋庸多言，实在是家喻户晓，妇孺皆知。中国人论事，喜欢"凑数"，从"三教九流"，到"四大美女"。古代"四大美女"其实都是政治斗争的牺牲品，可怜可叹，所以人们同情她们，用各种艺术形式追忆往事，寄托这份情感。

　　从《汉宫秋》、《青冢记》、《昭君怨》到《昭君出塞》，杂剧、秦腔、昆曲和京剧，无一不是通过昭君的人生经历吐露作者之千古幽怀。

　　舞台上演此出，角色有三人：王昭君、王龙和马童，戏份皆极繁重，故有"唱死昭君，累死王龙，翻死马童"之语。除昭君外，另两个都是虚构的人物，但却也不可谓无。马童和王龙，其实是这个历史事件中所有亲历者和旁观者的化身，亦即古往今来之戏迷观众，人们借助这两个男性角色为昭君作伴。青春千里，一去不回——他们的身上承载着人们的牵挂。

　　王龙以丑角应工，率先出场打引，通过口述向观众描述一路上跋山涉水及人马威赫所显示出的"天恩浩荡"。丑角的诙谐，原是为淡化那份悲壮苍凉，以抚慰观者的心灵，然而却愈发反衬其悲。马童做工亦繁重，筋斗迭起，表现出塞和番途中之艰辛劳顿，烘托昭君此行内心与外境交叠碰撞之怨、愤、哀、懑。若说春秋大义，那便是胡扯，任何人都无权将之施于一弱女子身上，即便颂扬她"爱国"，也是一种粗鄙残暴——国家的软弱，帝王之无能，凭什么让一个女人背负？

戏只不过是戏而已，其实每每最具戏剧性的还当属历史自身。试看从未谋面的汉元帝初见王昭君时的窘态：

昭君丰容靓饰，光明汉宫，顾景裴回，竦动左右。帝见大惊，意欲留之，而难于失信，遂与匈奴。（《后汉书·南匈奴列传》）

昭君之美，固不待言，史家之笔，尽已出之。那没骨气的皇帝老儿，竟有脸"意欲留之"，真乃"相鼠有皮，人而无仪"。"此地一为别，孤蓬万里征"，留下皇帝怅恨的表情，昭君去矣，一去数十载，身殁化青冢。

昭君墓，号称"青冢"，据说坟茔之上四季常青，故有此名。某次在外地开会，席间一客恰生于呼市。我便问及昭君之青冢当真青否。彼笑言："都是传说，岂能当真。"闻之默然。善良的人们都希望那些美好传说成真，然而希望到底只是希望而已。但这又有什么要紧——舞台上的戏照样在唱在演，故事里的王嫱永远"光明汉宫"，此生至此，夫复何求。

历史上的昭君，纵然翻山越岭，也必是端坐于行旅车中。舞台上的昭君，却须唱、念、做舞具备，在紧锣密鼓的配器声里演绎所有的颠簸、苦楚、思念与悲情。所以画此戏，画里昭君不能安静。一切的笔墨、线条与布局都当抒写着美人的慨思、悲心与愁容。

昭君出塞　　91×69cm　　2013年

游龙戏凤

三年前去山西大同，城市建设如火如荼，城墙楼台皆依旧制，阁楼匾额选历代先贤法书集字。登楼远眺，春风骀荡，古意幽幽，巍然壮观。坊间新造酒楼，名曰"凤临阁"，取意正是当年明朝正德帝私访云州"游龙戏凤"之轶事。

《游龙戏凤》又名《梅龙镇》，为生、旦演出传统剧目，梅兰芳与马连良、孟小冬，张君秋与马连良皆合作过此剧，堪称经典。正德帝至梅龙镇李氏兄妹所开客店，见李凤姐貌美，遂呼酒唤茶，戏谑勾引。凤姐羞怒欲喊，帝乃言明自己天子的身份，凤姐联想起昨夜异梦"真龙天子落房中"，于是下跪讨封。

戏中所演，当非子虚乌有。此般"不正经"的天子行径，正史固然无载，但野史每有著录。《明武宗遗事》记：

（帝）入肆沽饮，凤姐送酒来席，误以为娼妓之流，突起拥抱入室。凤姐惊喊，即掩其口，曰："朕为天子，苟从我，富贵可立至。"先是凤姐恒梦身变明珠，为苍龙攫取，骇化烟云而散，闻之顿悟。任帝阖户解襦狎之。

正德帝，名朱厚照，庙号武宗，是历史上有名的无道之君。《明史》谓其"日事般游，不恤国事。一时宵人并起……祸流中外，宗社几墟"，"耽乐嬉游，暱近群小"导致"朝纲紊乱"。所谓"群小"者，先有刘瑾为首的宦官"八虎"，继有将军江彬，这些人都不是什么好鸟，正是这样一群小人把朝廷搞

游龙戏凤　　50×50cm　　2012年

得乌烟瘴气，也毁了好玩的明武宗。

据说朱厚照小时候是"粹质比冰玉，神采焕发"，聪明而仁厚，朝廷上下正义之士都对他抱有厚望，明孝宗也期许这个皇太子能成一代贤明之君。但"世事茫茫难自料"，或曰"小时了了，大未必佳"。这样一个神清气爽的好孩子，长大后不仅没有成为明君，反倒基本成了昏君。为什么说"基本上"呢？因为朱厚照只是外表以及行为上的荒唐和昏庸，心里面其实清楚得很，他知道哪些是重臣大器，也晓得哪些是奴才走狗，但他太爱玩了，只有走狗们才愿哄着他各种玩耍。这也是为何如此一个昏君在上，国家却"不底于危亡"的原因。

但无论怎样，为明武宗是翻不了案的，只因他"无道"。今人极度崇尚个性，追求思想解放，于是将明武宗大加赞扬，推其为自由平等的代言人、最有个性的皇帝哥，好像几百年来的史学家和大众的眼睛是瞎的。的确，朱厚照有才华不假，有性格也是真，但身为皇帝而干不好皇帝那点事儿，整天跟一群小人鬼混，到处骚扰平民，强抢民女，庙堂之上成了戏班子，最后连戏班子都拿他开涮。这还不是昏君，谁是昏君？

古人将"道"视作最高准则，一切离经叛道的行为都最为人所不齿。今人不屑于什么"道"，轻贱文化且妄自尊大，于是是非善恶、青红皂白的泾渭不再分明。

戏台上的正德帝以老生扮，凤姐则为花旦。历史上的朱厚照却不过是个青年，死时年仅31岁，身后无子女。回顾他帝王的一生，虽荒诞，也不禁令人一声叹息。至于凤姐，更是福薄，据说还未及入宫，半路就因惊悸暴亡于居庸关。若未逢着正德，这个可怜的民女也许一辈子就这样过下去，嫁给一个平凡人，或者贫穷，终不会瞬息富贵昙花现，流水落花春去也，香消玉殒，天上人间。

（凤）我低声问万岁打马欲何往？（正）孤王打马奔大同。（凤）就在这梅龙镇宿一晚，（正）游龙落在这凤巢中。

再听一段正、凤的对白，想起两人当初那不同寻常的相遇和短暂的欢愉，又恰似戏台上梅、孟联袂的风流，真让人忽生色空幻灭之感，发"古来万事东流水"之慨。

击鼓骂曹

《击鼓骂曹》是传统名段，唱起来解气，说起来有戏，画起来有趣。

对于曹操，自然是早已翻案了的。但是史实及对历史之认知是一码事，艺术实在是另外一码事。尤其是中国艺术，实在大有嚼头。

每次观赏品味一出传统戏的时候，都会生发一阵怆然涕下之感。为什么？我觉得京剧也好，国画也好，书法也好，武术也好，传统文化艺术的每一种形式，都饱含着中国人的中国心。说白了，任何文艺形式，都是这颗中国心的载体。最最普通的百姓大众的人生观、荣辱观、责任感、历史态度、民族意识都在一出戏、一首诗、一幅画里面了。

中国的艺术为什么最具有震撼人心的力量？因为哪怕最微小的一出折子戏，它的背后都写满了沉甸甸的历史沧桑，饱含着血浓于水的家国亲情，寄托了盛衰兴亡的千古浮沉。除非你不了解我们国家的历史，或者毫不关心我们民族的文化，不然，面对那一笔一墨、一唱一做，传统的记忆、鲜活的传说、正邪的较量、朝野的分合，怎能不教人心思万千，热血沸腾！

所以，击鼓骂曹的祢衡，背负骂名的曹操，其实都只是一个符号、一个化身。天下倾颓，始知奸佞；社稷危难，乃见忠良。古往今来，世世代代有不计其数的祢衡，不计其数的曹操。舞台上祢高士的义正词严，与曹孟德的一张大白脸，都是那么热切而可爱。这正与邪之间，正是不离不弃，生死相依。而中国人的民族感，中国人的道德观，正在那所谓"愚忠"的旗帜下代代激扬，无休无尽。

　　击鼓骂曹，祢衡击打的不是鼓，是荡涤人间不平之正气；祢衡斥骂的不是曹操，是斜阳古柳底泥沙俱下的江河。

击鼓骂曹　　37×34.5cm　　2013年

坐楼杀惜

　　《乌龙院》、《刘唐下书》和《坐楼杀惜》三折连本合称《宋江杀惜》，演宋江杀阎婆惜事，余叔岩、周信芳、奚啸伯老生应工演宋江，均极出彩。此戏内容大家非常熟悉，概不赘述。

　　"宋江杀惜"早在宋元话本小说《大宋宣和遗事》中就已出现，小说《水浒传》描写更为生动细致，明代许自昌《水浒记》传奇则将小说搬上舞台，"杀惜"情节见于第二十三出《感愤》。

　　"感愤"的表意恰如其分，《水浒》第二十一回叫做《宋江怒杀阎婆惜》，无论"愤"还是"怒"，都表明宋江杀惜乃出于一时之气，其势情非得已，并非蓄意为之。宋江这个人物，历来褒贬不一，最可注意的是，贬斥之原由也迥然而异。或谓其"革命"不彻底，未若晁盖、李逵之辈意志坚定，"招安"遂成其诟；或谓其"假仗义"，道貌岸然、乐善好施的外表下，实有贼子之心。

　　两种意见合成人们对宋江的印象，应当是很不乐观的，以致某些电视剧演绎的宋公明，竟唯唯诺诺，善恶不分，行事猥琐，令人恼恨。真实的宋江，本该是值得尊重和赞叹的。就算不是千古英雄，也堪称一时豪杰。他的不彻底性源自其根深蒂固的儒家心理，换句话说，宋江是忠君爱国的"士"，只是时运与遭际逼迫他走上了梁山的道路，所以只要时机一到，他是随时准备"洗白"自己接受"招安"的。无奈历史都是"胜者王侯败者贼"，宋江终于败了，可以说他输给了命运，或者输给了性格，归根结底是输给了思维。

坐楼杀惜　　69×80cm　　2013年

戏里的宋江对阎婆惜唱："宋公明打坐乌龙院， 猜一猜大姐腹内情……"宋江到底爱不爱阎婆惜？恐怕谈不上爱，当然也谈不上恨。至于阎婆惜，委实也不是什么恶人，只是心气甚高、言语尖酸、行事极端，她私通张文远的根本原因并非索取钱财，乃是激宋江吃醋——她想以此来赢得名分和爱情，何其可笑可悲。结果是让这唇舌之剑、性情之刃自戕而殒。

说到底，性格即命运，悲剧不可避免。在这一点上，她和宋江一样。

骆驼祥子

　　1998年首演的现代京剧《骆驼祥子》，改编自老舍先生同名小说。该戏问世后曾广受赞誉，更有论者称其为"京剧现代戏发展史上的一个里程碑"。

　　现代京剧的发展，经历了"样板戏"的一度热潮后渐趋冷落。"样板戏"的功过是非，早有争议，唯无定论。客观来看，无论京剧还是昆曲，传统的戏剧艺术乃基于传统社会文化背景，其行当、表演、服装、脸谱、唱腔和戏词，每一个元素都契合过去时代的语境。语境变了，本体要不要变，如何去变，这都需要探索、需要时间，绝非一朝一夕、三言两语所能。所以，戏曲的现代化实在是极艰难的事。

　　《骆驼祥子》的情节和主题思想都基本忠于原著，主角还是旧时代的人力车夫。业内权威就此论曰此戏是对于"样板戏"乃至"传统戏剧"的突破，并说"在传统戏里，像祥子这样的城市劳动人民是当不了主角的，更当不了悲剧的主角"。我看未必。

　　何谓"城市劳动人民"？《搜孤救孤》里的程婴算不算"城市劳动人民"？《四进士》、《五人义》的主角是不是这样的人民？《六月雪》里的窦娥算不算悲剧的主角？任何艺术形式总需要革新，但这种革新不是做表面文章，而是厚积薄发，从传统中继承、自内而外自然发展而来。文艺界乃至各行各业都自谓"我革新"，其实大多不过是标新立异甚至哗众取宠，想创新哪那么容易！

　　我并非在否定此戏，《骆》戏在新编现代戏中确属精品力作。祥子扮演者陈霖苍的"洋车舞"、祥子和虎妞的"醉舞"都很有魅力，可圈可点，看得出演员的苦心孤诣；在人物塑造上，该戏对于角色情感的挖掘与表现也的确超过了"样板戏"；唱腔设计上，一些唱段也不错，比如祥子那曲"想当初闯京城，为求温饱。一辆车一个家，心比天高……"

　　这些都是优点，但优点再多也只是"微调"，真正的"突破"尚待时日。比如刚才说的"洋车舞"，只是一个"个案"，倘若我们真要革新，倒不妨去研究京剧如何表现"骑自行车"乃至"开汽车"。"拉车"和"骑车"尚可使用真家伙，汽车怎么办？总不能真开一辆"宝马"登场吧！我们知道京戏讲求程式。其实，备受批判的"程式化"和"脸谱化"，正是中国戏剧艺术的精髓。不用任何实物甚至道具，仅仅通过角色的动作神情，观众就一目了然，这才是最高级的艺术。而许多现代人的生活，古人是不曾想见的，这就需要我们去根据戏剧表演规律去创造。

　　此外还有剧本。我们不能总拿着前辈的干粮当饭吃，要有当代生活气息的新剧，观众才真正乐于接受、乐于观看。影视剧哪怕是家长里短、婆婆妈妈，尚且年年出新，京剧何以不能？最不忍见抱着"国粹"的金字招牌无所作为，却一味指责年轻人不看戏！

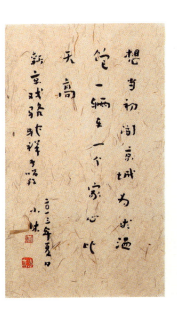

骆驼祥子　　99.5×49.5cm　　2013年

贞观盛事

《贞观盛事》可谓"二十世纪最后一出原创京剧"。这部首演于1999年的新戏，以历史上著名的唐代"贞观之治"为背景，演绎唐太宗和魏征君臣之间的故事，借古喻今，很好地寄寓了新时代的精神。

作为一代名臣，魏征以直言敢谏而著称，其事迹及言论广见于《新唐书》、《贞观政要》等籍；在民间，魏征同样享有很大的声望，甚至被尊奉为神。然而戏剧舞台上一直以来却绝少见到他的身影。《贞观盛事》之外，另有新戏《李世民和魏征》亦颇出色，剧中魏征为生扮。而《贞》戏魏征则以净扮，颇似《李》戏中房玄龄的扮相，着蓝蟒，勾红脸，寓其正义忠诚；眉眼处黑白两色，如利剑出锋，谓其泾渭分明，刚直不阿，且有敢于犯言直谏的威严之仪。

魏征的角色，按传统戏思路，或以老生应工为"常理"。但该剧中尚长荣老先生所扮之魏征，做派极富气势，唱腔韵味醇厚，且花脸的形象倒与"梦斩龙王"的神化魏征相合。李世民则是老生当行，如此一来生净对台，唱法也更丰富。值得一提的是剧中采用了李、魏"二重唱"以及"二部轮唱"的设计，这在传统京戏唱段中几乎不曾见。

剧中的精华部分出现于魏征之"再谏"激怒皇上之后。是夜，二人各自独步庭院，心潮难平。此处又运用了电影"蒙太奇"的手法，虽同在一台，李为实，魏为虚。二人的"轮唱"效果极妙，将彼此心灵激荡交叠

月兜如鉤遙挂長天清流暉
瀉下照無眠我將衷心寄明月心隨清暉到卿
近十載事過多少回紅過多少臉却總是兩霽雲浮現
晴天
前朝事作鏡鑒情相通君臣緣共鑄盛世社稷安

原劇貞觀盛世記
沈寐

貞观盛事　139×498cm　2013年

的气氛推向高潮：

（李）月儿如钩遥挂长天，清辉流泻下照无眠。我将我心寄明月，心随清辉到卿前。

（魏）君臣莫逆近十载，（李）争过多少回，（魏）红过多少脸，（合）却总是雨霁云消现晴天。

随后，太宗夜访魏府，君臣相见，一笑泯恩仇，为共铸盛世壮怀同心。此段唱腔流畅宛转，戏词优美，情境如诗如画，尚长荣与关怀二人之音色互补相谐，配合默契，使人观后仍有回甘。

曹操与杨修

《曹操与杨修》是一出"新戏中的老戏",1988年首演便引起轰动,作为尚长荣和言兴朋珠联璧合之作,该戏被誉为"中国当代戏剧里程碑式的作品"。

此戏之内容和主人公,大家概不陌生。一位求才若渴的旷世枭雄,一位才智超群的风流名士,可惜本应一拍即合的"君臣"故事,却事与愿违地以悲剧告终。太过熟悉彼此的两个人,要么成为一生的知己,要么便是斯世之仇敌。曹与杨之间,可谓爱恨交织者矣。

于曹操而言,杨修从心上人到眼中钉、肉中刺,自有一个逐步推演的渐变。杨修的恃才傲物是"伴君"之大忌,曹操的狡诈多疑也是"为君"之痼疾。该戏之结尾设计颇具匠心,乾坤朗朗,明月高悬,二人在断头台上相坐坦言。杨修直陈曹操三次欲杀己之心,修之犀利与操之厚黑皆毕现无遗。然则以杨修之才、曹操之度,何能至此哉?辱骂曹操的祢衡,曹丞相尚未杀之(说曹操借刀杀人实在是冤枉了他,真正借刀杀人的是刘表),何以必杀杨修?

事实上,所谓"三次欲杀"的事故都未中要害,真正要杀修,只需一个理由就够了。史书《三国志》的作者看得很清楚:

> 太祖既虑终始之变,以杨修颇有才策,而又袁氏之甥也,于是以罪诛修。

201

植益内不自安。(《三国志·魏书》)

　　王位继承问题才是杨修之死的真正原因。杨修固然缺乏政治眼光，支持曹植，终为自己站错队伍而付出代价。然而这只是问题的表象，另一个方面才是本质——杨修毕竟是个文人，所谓物以类聚，只有真正的文人彼此间才能意气相投，惺惺相惜。让杨修为未来做风险投资，舍曹植其谁？

　　历史归历史，戏剧归戏剧，戏迷只管看戏罢了。尚长荣和言兴朋，确是演活了戏里的曹操和杨修。尚先生宝刀不老自不必说，言的杨修一出场，"半壶酒一囊书飘零四方"的那段西皮摇板便极潇洒。至于杨修与妻生死离别之际的那段原板，更是憾人心魄，言派老生唱工之细腻精微、情感之真挚充沛均得到完整的体现，词曲皆令人击节而叹、荡气回肠：

　　休流泪，莫悲哀。百年好，也终有一朝分开。杨修一死无挂碍，后事拜托你安排。我死不必把孝戴，我死不必摆灵台，我死不必棺木载，我只求一抔故土把身埋。休将我死讯传出外，也免得世人他们笑我呆。亲朋问我的人何在，你就说我远游未归来。尸首运至这皇城外，你将我这酒醒醐与我同埋。我要借酒将愁解，做一个忘忧鬼酒醉颜开。在生落得个身名败。到阴曹再去放浪形骸！

曹操与杨修　　69×61.5cm　　2013年

宰相刘罗锅

　　作为"二十一世纪第一出原创京剧"，《宰相刘罗锅》是迄今为止最具时代气息的"轻京戏"。说它"轻"，我不是批评它分量轻，相反，这出戏还是很有品格的；只不过它不像传统大戏那般沉重，历史家国和忠奸善恶的使命感化解于轻松愉悦、节奏明快的叙事风格中。

　　显然，剧作者的受众目标直指青年一代，定位及对象的不同，使该戏明显区别于老戏，也区别于其他新编京剧。

　　首先在唱腔设计上，尽量避免长腔大段，而多采用简洁唱段，这样"扬短避长"的做法使剧情更紧凑；其次是人物的对白，偶尔出现当代语汇，且多与校园生活相关，比如当"西胡鲁国"文书呈现乾隆面前，皇帝问："有'快译通'没？"而刘墉观看文书时，和珅在旁奚落："您是单词量不够，还是语法没弄通啊？"至于丑角的表演，更是竭尽"嘻哈"之能事。戏中安排了三个丑扮的赶考书生，操着各地方言，什么事儿都想搀和一把，事实上都是些不学无术的酒囊饭袋。传统戏里常见丑角，他们诙谐的念白和俏皮的做派，起到缓和紧张气氛或调节戏剧节奏的效果。该戏中的三个丑角在每场开场时登台，载歌载舞，非常可笑，同时也起到段落衔接的作用。"下棋招亲"一节，丑角群舞唱："哎嗨哟，哎哟哎嗨哟，当官又能娶媳妇！"也不想想自己半斤八两，真是做梦娶媳妇——净想美事！更值得一提的是剧中刘墉的岳父，老王爷煞是可爱，真把"揣着明白

宰相刘罗锅　　102.5×69.5cm　　2013年

装糊涂"的北京大爷"范儿"给演活了。最后还有服装设计，这出清装戏加了水袖，而且是彩色水袖，色彩与服装相搭，很有新意。

再说人物和剧情。剧中主角自然是刘罗锅、和珅和乾隆。跟该戏所取材之同名电视剧一样，剧情都在三人此起彼伏的矛盾中展开。乾隆和刘墉都是老生，和珅则是大花脸。这里可见京剧艺术与影视艺术的不同。按影视作品，和珅也好，刘墉也好，都为丑角，但戏中不用，因丑角分量不够。京戏里除《时迁偷鸡》、《徐九经升官记》等少数几出戏以丑为主外，其他绝少见。该戏和珅由裘派之孟广禄扮，刘墉则由麒派之陈少云饰，都能较好地表现角色性格特质。

陈少云的做工秉承麒麟童一派风格，细腻精准，惟妙惟肖。"夜审"一场尤为突出。乾隆下江南，江苏巡抚叶国泰早与和珅沆瀣一气，修建河堤只有三十里，虚报政绩号称三百里，实则国家库银早被二人中饱私囊。刘墉想向皇帝检举揭发，所以一心引乾隆去河堤；而和珅、叶国泰则想方设法阻挠，和珅引乾隆去青楼私会名妓。不料乾隆因争风吃醋打死恶霸石敬虎，遂被刘墉属下投入大牢。刘墉知是皇上，大惊失色，急中生智，展开夜审。刘、和与乾隆，三人都是明知故问，只有那些差役不知所以。借狱中"失火"之机，刘墉终于让两个"犯人"成功逃狱，刘罗锅在后面一路狂追，成功将乾隆"追"至河堤，一切真相大白。刘罗锅追乾隆一节，诚如"徐策跑城"，是为全剧一大亮点，不论滑步的身法、紧板的唱腔，陈少云都将麒派的艺术特色发挥得淋漓尽致。

全剧最后以和珅的一句"逗你玩"告终，其实是宣告了京剧这一古老表演艺术形式，在"娱乐至死"的后现代社会里所要追求的效果、意义和方向。

跋

孟夏夜，此书完稿。窗外晚风习习，兰叶轻摇。点上一支烟，长出一口气，感觉如释重负。

《兰花旨》和《勾阑醉》两部书的约稿，其实是在四年前，应该是《温文尔雅》出版约半年后。这些年来我躲进书斋闭门造车，常常是不舍昼夜，其间只应约出过一本《月移花影》（2011），却是我过去十年的日常随笔集（2000-2010），并不曾花费太多心思和精力。但现在这两本小书倒不同，作为"沐斋作品集"系列的"先锋官"，他们任重道远。

兰花和戏曲，应该是每个中国人都喜欢的主题。我养兰，也偶尔听戏，有人说我是"兰痴"，或者当我作"戏迷"。但我自认对任何事物都不是特别"痴"，也不是特别"迷"，所以我想，无论是对于兰花还是戏曲，我始终是门外汉，我只是单纯的喜爱而已。

我喜爱一件事物，就要弄它个仔细。不一定是"知道分子"，相反，我倾向于去研究和解读"行家里手"不关注的东西，你也可以称之为"兰文化"、"戏剧的思想和精神"，但这些称呼并没所谓。没事找事凑热闹而已，自己爱做就做了，我想古人也是这样玩的。

前段时间，中华书局出版了我的《空色——中国传统文化十二品》，那本书是2011年为《文史知识》连载图文的结集。最开始想这样去写，也是因为偶然的"玩"。那些个传统意象多有趣啊，可以说得太多了，以后有机会我还想接着玩下去。

兰花和戏曲就更好玩了，而且看得见、摸得着。《温文尔雅》里写了那么多草木，偏偏没写兰花，这让很多朋友不解和"不满"了。不过往往就是这样，你越宝贝的东西越舍不得动笔。兰花可以嗅、可以赏，戏曲可以听、可以看，都是人间珍宝。像现在这样的画法去画兰花，不过是这一两年的事。好的东西需要用心、用时间去温故知新。

我画戏画也是从那时候起，2008年的时候为了给《温文尔雅》中《木瓜》一文配图，经友人提醒，画了第一张戏画《锁麟囊》。从此，每年都要集中大段时间不断地尝试新画法，对于戏画的理解也是随着对戏曲艺术的认知同步前行的。

这些书的行文都没有什么规矩，拿这本《勾阑醉》来说，有的是就戏论戏，有的却是跟戏无关的背景，所以戏里戏外，五味杂陈，请读者朋友们宽容地批判。尽管我不懂戏，但写得画得却无比认真。俗话说，外行看热闹，内行看门道。我既是外行，于是就写出一些热闹、画出一些热闹，给像我一样的外行们去看。

癸巳立夏于北京畹庐